HONEY 抱抱我的心 MY 守护甜心! GUARD

新世界出版社
NEW WORLD PRESS

图书在版编目（CIP）数据

抱抱我的守护甜心 / 伊凉著. — 北京 ：新世界出版社，2011.12

ISBN 978-7-5104-2422-9

Ⅰ. ①抱… Ⅱ. ①伊… Ⅲ. ①长篇小说－中国－当代 Ⅳ. ①I247.5

中国版本图书馆 CIP 数据核字（2011）第 247910 号

抱抱我的守护甜心

作　　者：伊　凉
责任编辑：冀　晖
装帧设计：嫁衣工舍
出版发行：新世界出版社
社　　址：北京西城区百万庄大街 24 号（100037）
总 编 室：（010）6899 5424　　（010）6832 6679（传真）
发 行 部：（010）6899 5968　　（010）6899 8705（传真）
本社中文网址：www.nwp.cn
本社英文网址：www.newworld-press.com
版权部电子信箱：frank@nwp.com.cn
版权部电话：+86（10）6899 6306
印　　刷：三河市新科印刷厂
经　　销：新华书店
开　　本：710mm×1000mm　1/16
字　　数：210 千　　印张：15
版　　次：2012 年 1 月第 1 版　2012 年 1 月北京第 1 次印刷
书　　号：ISBN 978-7-5104-2422-9
定　　价：25.00 元

目录
CONTENT

目录
CONTENT

楔子

给遥远的你

秋蓝儿：

距离上一次的通信，我已经有三年都没有收到你的回信了！最近你还好吗？是不是遇到了什么麻烦的事情呢？

嗯，我最近可不好呢……奶奶不知道是怎么了，最近总是动不动就对我发脾气，吓得我都不敢跟她说话。不过，幸好……再过几天，我就满十六岁了，按照我和奶奶的约定，十六岁后，我就可以下山了！哈哈。

话说，秋蓝儿，你还记得我们小时候的约定吗？虽然你离开后就再也没有提及，但是我一直都记在心里。所以，现在让我们一起实现它吧！我决定在信寄出一个星期后去你所住的城市找你，如果你收到了信，就请期待我的到来吧！

你最最最最真挚的朋友 言绯上

CHAPTER 01

萤火之海

1.

高耸的楼房，来来往往的人群，拥挤的马路，耳边，身边，城市的各个角落，轰天的鸣笛声和蝉鸣交织在一起，热量仿佛把空气都给煮沸了。

言绯用手做扇使劲在脸颊上扇动，可是丝毫没有办法驱走一丝热度，她简直快要热晕过去了。

过去的十六年，言绯一直都生活在一个不知名的山里，那里除了冬天特别寒冷之外，其余的三季温度都很适宜，几乎没有太大的差别。只是，一下了山她就发现，这天气根本就是越走越热，越走越觉得自己都要蒸发了。

最重要的是，山下除了天气热、人多之外，还有一堆会动会叫的怪机器（实际上就是汽车）。

起初言绯看到那些东西都一惊一乍的，吓得到处逃窜，幸好，言绯的运气不错，后来她遇到很多很好心的人，在短暂的结伴之路上，他们跟她解释了好多东西，才让她不至于像个白痴一样，什么都弄不明白。

带着为数不多的盘缠和行李，言绯一路死撑着……终于在半个月后，她成功地找到了秋蓝儿家所在的城市！

只是，城市的布局对于言绯来说就像迷宫，在城市里迷路了整整两天，就在身上所带的食物即将吃完的前夕，她终于在一条隐蔽的小巷里找到了与秋蓝儿家地址相似的门牌号。

“五十六号……五十七号……五十……啊！终于找到了！六十号！”疲惫的精神一下子清醒了过来，言绯大声欢呼着，她几乎是飞奔着朝前扑去。

只是，她还来不及敲门，大门就猛地被打开了！来不及躲闪，言绯整个人被门撞开，狼狈地倒在了一边，屁股更是和大地来了一个亲密的拥抱，痛得言绯不禁倒吸了一口冷气。

唔……是谁，开门那么猛。

言绯愤愤地望向前方，然后她愣住了。

敞开的大门边站着一个七八岁的男孩，白嫩的包子脸稚气未脱，让女生好想大喊着“好可爱”去捏捏他的脸颊。可是，可爱的脸蛋上却有着一双淡棕色的眸子，透着孩童不该有的冷漠和不耐烦。

而他的面前，一个穿着笔挺西装的男人跪在那里，他的头紧紧地贴着水泥地，黑色的裤子和西服上都沾了灰尘，因为头朝下的关系，应该梳理得油亮光滑的头发也凌乱了，为他增添了几分狼狈。

“老板，求你了，救救我们，这个镇子上只有你能赶走那个家伙，如果你不出手的话，我们就要被他害死了！求你了，老板！”

这男孩听到男人的恳求后不屑地轻哼了一声，然后他转过身，“啪”地一声就把大门关上了！

这是什么状况？

为什么秋蓝儿家会跪着一个大男人？

还有……那个男孩是谁？难道是秋蓝儿的弟弟吗？

言绯呆坐在地上看着眼前这个诡异的景象好一会儿，直到男人带着沮丧的表情离开，她才缓缓地站了起来，茫然地走到了大门前，敲了敲门。

“那个，您好！我叫言绯，我是来找我的朋友秋蓝儿的，请问她在这里吗？”

原以为自己会被关在门外一阵，想不到她的话音刚落下，门就被拉开了，男孩用审视的目光上下打量了言绯了一番，微皱起了眉头：“你是言绯？一个月前寄信过来的家伙？”

“啊！对，您好……请问秋蓝儿她……”

“大哥，那个家伙竟然真的来了！她看上去好像乞丐哦，你确定我们真的要让她进来吗？”男孩不理会言绯的话，用手捏着鼻子转头朝着里屋大声喊道，“如果让她进来的话，房间就要重新打扫了呢！”

“澜莘，你带她进来吧。”

男孩的话音刚落下，一个低沉而富有磁性的声音便从里屋传了出来。对方的口吻听上去很平静，似乎丝毫没有用力说话，但他的话语却异常清晰地传到了门口。

“知道啦……”男孩似乎不敢违背里屋人的命令，他用嫌弃的眼神白了言绯一眼，然后转过身朝言绯摆摆手，示意她跟他进去，“我警告你哦，如果你把地板弄脏了，我可是会揍你的哦！”

弄脏就弄脏了，我才不怕你呢！怎么说我都十六岁了，还打不过你这个小毛孩吗！

言绯想着，进去的时候她故意加重脚的力度。

光亮的木地板发出“砰砰”的响声，同时被她按下了一个一个黑色的脚印。

看到男孩气得咬牙切齿，言绯心里一阵暗爽，但是很快她又意识到了很重要的一点。

她是来找秋蓝儿的！如果她没有找错的话……这里应该就是秋蓝儿的家，可是她……

啊，糟糕……

言绯尴尬地回头看了一眼身后留下的两排脚印，还来不及多表歉意，男孩就猛地拽住她的手腕，硬生生地把她拉到了一个房间里。

嘭——

一个小时内连着摔两次，言绯感觉自己的屁股都快要开花了！

“你……”

“你就是言绯吗？”

低沉的男声打断了言绯的话，他的声音回荡在宽敞的房间里，透出空灵。那声音比先前言绯在门口听到的更加好听。

言绯好奇地抬起头，看到了在她前方不远处一个斜靠在单人沙发上的男人，他的面前放着一张模样看上去很华丽的U型镂花红木桌，将他围绕在桌子后，阻碍了旁人的靠近，为他又增添了几分疏离感。

他有着一头柔顺的银白色长发，透着寒冷的气息，犹如冰封的冬雪，纵窗外明媚的阳光也无法融化。他的皮肤不知该说是白皙还是苍白，除了双唇上有些许的红之外，他的脸颊上几乎看不到血色。

他一手搁在椅子手把上，撑着脸颊，半眯起蓝宝石般的眸子看着言绯，宁静的气氛中，言绯能够感到从他身上散透出淡淡的慵懒气息。

“好漂亮的人……你、你好，我叫言绯，我……”

“你好，我叫叶澜笙，是这个屋子现在的主人，刚才领你进来的是我的弟弟，叶澜莘。”男人微微地勾起嘴角，露出了一抹很淡的笑意，配上他慵懒的口吻，让言绯不由听得入神，“首先，我很抱歉，我偷看了你寄来的信。其次，我想说的是，我们这里没有叫秋蓝儿的人。”

“没有秋蓝儿？可是……可是她说过，她是住在这里的。”叶澜笙的话让言绯摸不着头脑了，她一个箭步冲到了叶澜笙的面前，慌忙地从口袋里掏出了已经被揉得脏兮兮的记着地址的纸条，放到桌子上，“难道，我找错了吗？”

“不，你没有找错。只是一年前我搬到这里的时候，秋蓝儿已经不在了。”

男人摇头，他将一封信推到了言绯的手边。

这是言绯之前寄给秋蓝儿的信。

“现在这里是我的工作室，全职事务所。”

“全职事务所？怎么会……秋蓝儿搬家了，怎么会不告诉我呢……”

秋蓝儿是言绯无意间认识的朋友，也是唯一的朋友。

因为小时候言绯不能离开山里，所以学会写字的她便开始写信。

她把自己的住处和故事写在纸上，交给每个月定期会上山送东西的叔叔，让他随便找个地方寄出去。

一开始，言绯只是写着玩，但是后来，在言绯六岁的时候，她竟然很神奇地收到了回信！

那个人就是秋蓝儿。

之后，她们就成为了笔友，通过秋蓝儿，言绯知道了好多东西，也有了彼此之间很重要的约定。

这么多年，她一直都盼着十六岁的时候下山可以找到她……

可是，现在……

她却搬家了？

她什么消息都没有留下来就离开了？

所以三年多来，言绯才一直没有收到秋蓝儿的回信？

言绯一瞬间觉得自己完全没头绪了。她不想就这么放弃回到山里。

可是留在这个陌生的城市里，她没有认识的人，没有人可以帮她，帮她找秋蓝儿，她……

“那个，我想问一下，全职事务所是干什么的？”无措之间，言绯想到了刚才跪在门外的男人，话不经脑袋直接说出了口。

“全职事务所，就是不管是什么职业的委托，我们都会接受，并且百分之百地完成。”听到言绯的问话，站在门口的叶澜莘忽然得意起来，他双手叉腰，用一种骄傲的神情说道，“不管你信不信，这个世界上如果是大哥想做的事情，就没有完不成的。”

“没有完不成的？天啊……你哥哥真的那么厉害？那么……刚才你们为什么不接受那个男人的委托？”

“当然是因为我们不想做啊！”叶澜莘不屑地轻哼着，“能否付得起代理费是一个方面，人品又是另外一个方面。不巧的是，他第一个方面就非常的欠缺。”

臭小子……他果然是欠揍吧！

牛掰的应该是他的哥哥叶澜笙吧，他在得瑟什么！

亏他长得那么可爱，心肠却坏得要死！

再次接收到对方轻蔑的目光，言绯气得忍不住朝叶澜莘挥了挥拳头，示意他如果再用这个眼神看她，她就要揍他了。

然而，天不怕地不怕的小鬼又怎会顾忌言绯的威胁？

看到言绯的挑衅后，他的表情一下子扭曲了。

“呵……”就在言绯和叶澜莘互相对视，决定以眼神吓倒对方时，桌后的叶澜笙却“扑哧”地笑出了声，“好了，我私自看过你的信，作为补偿，我可以帮你找秋蓝儿。”

“真的？！”

叶澜笙的回答让言绯喜出望外，她连忙收起了愤怒的眼神，欣喜地将双手撑到了桌子上，更近地对视叶澜笙。

“我没有很多钱来付代理费，这也没关系吗？”

叶澜笙点点头：“代理费不重要，我可以帮你占卜出秋蓝儿现在的住所，不过，你必须帮我找到一种石头。”

“石头？”

“没错，那是萤火之海特有的一种矿石，它本身没有什么能力，但是磨碎了可以用在占卜辅助上，帮助占卜师更精确地预测到一些东西。我想，如果有那个石头，我能够很快地帮你找到秋蓝儿。不过，我和澜莘现在都不方便离开事务所，所以……”

“哥哥！”叶澜笙的话音未落下，叶澜莘突然紧张地叫住了他。

原本张牙舞爪的脸蛋此时带上了几分不安。

“怎么了，澜莘？”面对弟弟的插话，叶澜笙脸上的笑容未改，只是口吻中的慵懒少了几分，多了几分严肃。

叶澜莘没有接着说话，他连连摇头，然后瞪了言绯一眼，便转过了身。

怎么了嘛……为什么又瞪她！

插话的人是他自己哎！

哼哼，等她找到了秋蓝儿后，一定要狠狠地教育他一顿！

言绯在心里盘算着，都没注意叶澜笙之后的话，直到对方连叫了她好几声，她才缓过神。

“言绯，言绯？”

“啊！在在！”

“如果你确定要去萤火之海的话，那我们之间的代理就算成立了。你现在和我签一份合同，好吗？”

叶澜笙的话语间带着轻柔的笑音，莫名地萦绕着些许寒冷的温度，看着那双犹如蓝宝石般的眸子，言绯不禁打了个冷战。

有一种不知道该如何形容的感觉在她胸口蔓延，令她琢磨不透，也不想多琢磨。

她点点头，拿起笔就在叶澜笙递到面前的合同书上签下了自己的名字。

2.

萤火之海。

虽然字里面带着“海”字，但其实只是城市以南一块被废弃的树林。

据叶澜笙所说，那里平日总被笼罩在很浓的雾气中，人一到里面就会迷失方向，但是一到夏季的晚上，林子里的雾气就会散开，远远地，就能看到萤火的光芒，犹如城市的霓虹灯光。

而现在正值盛夏，正是进入萤火之海的好时段。

“进入萤火之海后，你就朝着萤火虫最密集的地方走。当你走到一处地方，那里有很多萤火虫围在一起，组成一个光圈，并且里面有零碎的、发着红光的石头，那就是我所需要的石头了。”

“萤火虫很多的地方，发红光的石头。我知道了！”

记住叶澜笙的话，言绯带着她为数不多的行李就上路了。

从城市主要道路绕到较荒僻的地方，东绕西绕的言绯花了好几个小时才在天黑前找到了叶澜笙嘴中所说的被浓雾所笼罩的树林。

黄昏时的天空透着微红的色调，大片大片的云彩随着风流动变幻出不同的姿态。在夕阳的映衬下，笼罩着树林的浓雾在一点点地散开，渐渐地，言绯看到了隐匿在雾气中的树林的模样。

天在暗，雾在散。

随着天彻底黑了下来，言绯发现，同样都是林子，这里却和她山上的景色很是不同。

萤火之海的布局很特别，它的外边就像是围栏一般，长了很多高大茂盛的树木，借着白日那些不透光的雾气，刻意营造出一种幽深的、望不到底的感觉。

只是，当浓雾退去，随着林子间的光如流水般倾泻而出后，它也就恢复了最真实的模样。

高耸的树林之后是葱郁的草地，连向后面很大的一片山坡，随着夏夜温热的晚风轻摇，隐约之间，便能看见在草间飞舞的萤火虫们，宛若在玩着捉迷藏一般。

蝉鸣时不时地响在言绯的耳边，透过闷热的夜，本应聒噪的鸣叫此时却意外地可以抚平人们的烦躁，让人忍不住想要往深处靠近。

“明明是那么漂亮的地方……怎么附近一个人都没有呢？唔，城市里的人真奇怪……”

言绯一边往林子里走，一边欣喜地打量着周围。

穿过了树林，此时，言绯的脚下是大片大片的草地，她每走一步，就会有好多藏匿在草间的萤火虫扑飞而出。它们就是黑夜的精灵，带着微小的光芒，将她眼前的画面映得宛若仙境。

“萤火虫较多的地方，然后有发红光的石头……”

言绯嘟哝着叶澜笙的话，在林子里摸索着。

很快，她就找到了一处围绕着很多萤火虫的区域。

它们就像是收到了什么命令，停息在草丛间，围成一个很大的光圈，而在光圈上空约一米处，又有很多萤火虫结伴飞舞，圈成与底部相似大小的圆环。

在由萤火虫围绕起的圆圈中，言绯看到了刺眼突兀的红光，有的大有的小，犹如璀璨灯光下漂亮的红宝石。

“哈……看来我的运气还是不错的嘛！那么快就找到石头了！”言绯愉快地欢呼了一声，她赶紧弯下身子快步穿过围绕在半空中的萤火虫。

然而，愉悦的心情并没有在言绯心中持续多久。她刚进入萤火虫围绕的圈子，还来不及去捡石头，身体就猛地往下陷了一点！

脚下的湿土发出“扑哧扑哧”的声音，黏腻得宛如沼泽，死死地抓住猎物，不让对方有任何可以挣脱的空间。仅仅几米宽的圆圈，此时就宛如死亡的深渊，言绯越是挣扎，身体就陷得越深！

不出几分钟，言绯的双腿就完全沉到了湿土的下面，她只能挥舞着双臂，在半空中使劲地呼喊。

“有人吗？救命啊！”

荒芜的萤火之海，除了满天飞舞的萤火虫之外，没有其他身影。

此刻的蝉鸣伴随着言绯的呼喊轰天地鸣响了起来，犹如死亡的协奏，瞬间吞噬了她的呼救声！

不是吧！

她才只有十六岁……她才刚刚离开山里，怎么这么快就要死了！

这么短暂的出场，简直比龙套还要逊啊！

唔……不要……

她还没有找到秋蓝儿……她还没有实现她们的约定啊！

“拜托，不管是谁，救我，请救我——”

被湿土吞噬的下半身已经凉得失去了知觉，感受着身体往下沉的恐惧，言绯僵硬地伸长着双臂，张大手掌乞求着有谁可以给她一个帮助，而呼救的双手在闷热的温度下也在渐渐泛凉。

好难受……

怎么会这样……

她……

就在言绯绝望地闭上眼睛的同时，有一只冰凉的手握住了她的手腕，随即她听到一个声音响在她的上空。

“我还以为我产生幻听了，原来真的有人在这里啊。”

蝉鸣退去，寂静的夜，温热的风，那个声音此时此刻于言绯听来，简直比天籁还要好听。

一刹那言绯几乎要泪奔了，她感激地抬起头，看向了站在圆圈边缘，紧紧抓住她手腕的少年。

昏暗的天色唯有萤火的光芒充斥在四周，勾勒出他裸露在外的上身，还有那可爱的包子脸，一瞬间言绯几乎以为那是长大版的叶澜莘。但是，不同的是，此时的少年脸上带着友善的笑容，格外灿烂，是那个脾气暴躁的小鬼表现不出来的。

他的刘海短短的，露出高高的额头和一双淡棕色的眸子。瞳孔被微光映亮，凝视着他眼中的几分清澈，言绯觉得，她仿佛可以通过对视看到他眼中的世界。

“你好，我……”

“嘿嘿，你不要害怕，我会拉你出来的。来，现在小心地侧过身，把另外一只手给我。”

少年咧嘴笑着，伸出另一只手，示意言绯将手放上来。

言绯点点头，她有些勉强地移动着已经发麻的手臂。

有少年的帮忙，言绯总算脱离了湿土的“拥抱”。

瘫坐在圆圈外，言绯深吸了几口气，再次感激地看向了蹲在她旁边的少年。

“谢谢你！如果不是你，我真的要死掉了呢。呼……”

少年听到言绯的话，脸上的笑容忽然散去了，他茫然地抓了抓后脑勺："什么叫真的要死掉了？你不是已经死掉了吗？"

"哎？"

已经死掉了？

呃……这是什么逻辑？

"那个……我刚刚好像是掉进了一个很像沼泽的东西……可是，我好像没有完全陷下去吧？哈哈……你不要跟我开玩笑了，这个笑话真的是一点都不好笑啊。"

言绯尴尬地冷笑了两声，她忍不住拍了拍少年的肩膀。

少年仍旧是一本正经的，他一手撑着地面，将身体倾向言绯："喏，你可以看见我吗？"

"啊哈……当然可以啦，不可以看到你，我之前说的一堆'谢谢'是对谁说的哦。"

"可是，我已经死掉了啊。"

啊？

什么？

"你死掉了？呃……那个，这个玩笑似乎开大了，哈哈哈……你别说了，我要离开了。"

她一定是遇到神经病了吧！

如果再和他纠缠下去，她一定会抓狂的！

她现在得快点离开萤火之海，特殊石头什么的还是等叶澜笙有空的时候自己来拿吧！

没错，就是这样。

言绯在心里想着，她起身就要往来的方向走，只是她才走出没有一步，身后那只冰凉的手再次抓住了她的手腕。

寒冷的手指，仿佛不会因为夏季的炎热而被温暖，阴冷的寒气透过肌肤一直传达到骨髓，顺着血液流淌全身，让言绯忍不住打了个冷战。

“你要走了吗？可是我们不能离开这里啊。”

“拜托……我真的不知道你在说什么……那个，兄弟，朋友……恩人！放过我吧，我真的要回去了，你不要再跟我说这些奇怪的话了。”

言绯想要抽回手，可是对方扣得牢牢的，她怎么都挣脱不开！

“朋友？嘿嘿……我叫久远，是他们给我取的名字。你呢？”

喂喂！不带这么无视我刚才的话吧！

我明明说了那么一长串话，为什么他就听到了朋友两个字！

“他们，他们又是谁啊……”

难道这里还有一群跟他一样的疯子吗？那她就更得马上离开了！

比起言绯的慌张，久远却显得非常开心，他再次挂上了笑容：“就是他们啊！他们不就站在你旁边吗？”

“我旁边？”言绯神经紧张地看了看四周，“这里不是只有萤火虫吗？不要跟我说你的名字是萤火虫取的！”

“萤火虫？这里没有萤火虫啊！”

“哈？”

这到底是什么跟什么啊！

为什么她觉得自己完全跟不上久远的思路?

是自己刚才被泥巴浸了一下，所以脑残了吗？可是自己被浸的是脚啊，不是脑袋!

她不是拿四肢思考的笨蛋!

“拜托……你不要再说这些奇怪的话了。这里不是萤火之海吗?有萤火虫不是很正常的事情吗？”再和久远说下去，言绯感觉她都要哭了。

然而，久远的存在就仿佛是用一堆她完全听不懂的话，来否定她所看到所知道的一切事物：“这里不是幽灵树海吗？什么时候变成萤火之海了？”

他抬起另一只手，将手掌伸向半空中。

随后，许多萤火虫便飞舞到他的手边，它们仿佛拥有意识一般，围成了一个少女的形状，然后“少女”伸出了手，做出和久远握手的姿势!

“你看！你看到她了吗？”

久远兴奋的话语还响在言绯的耳边，可是言绯再也听不进去了。

幽灵……

这里飞舞的，根本不是萤火虫，而是幽灵?

这个手冰冷的少年……他也是幽灵吗?

那她……

她的脑袋嗡嗡地作响，好像有无数只蝉爬进她的大脑叫嚣不停，头发一阵阵地发麻，她只觉得眼前的画面越来越模糊，然后……

言绯很没种地晕了过去。

3.

“哎，久远，幽灵也会睡觉吗？为什么我们就不会？”

“不知道啊，也许她比较另类吧？”

“那为什么只有久远你能触碰到她，而我们都触碰不到呢？”

“嗯……也许是我比较天才……啊，小一你别打我啦！小二你干什么不拦她嘛！”

……

言绯很希望这是她在做梦。

梦醒来之后，她就会回到山里，看到她那啰啰唆唆的奶奶。

可是……

这个梦似乎长得有些过分，她的耳边萦绕着的尽是久远这个神经病的声音！最重要的是，其中还多出了一个女孩的声音！

言绯感觉不到他们的气息，但是凭着耳朵，她能感觉得到，他们就坐在她身旁！

啊……怎么办啊，她到底要不要睁开眼睛？

“啊，眼睛动了……她要醒了要醒了。”没给言绯多思考的时间，久远那双冰凉的爪子就落到了她的脸上，就像蹂躏包子一样，上下左右乱扭，“起来了起来了，大家都等你好久了！”

大家？

大家？！

强烈的质疑感顿时萦绕在了言绯的心头，她猛地拍掉了那双冰冷的手，睁大眼睛坐了起来，然后她紧张兮兮地张望了一番四周。

不同于夜晚满天飞着萤火虫，此时的林子里弥漫着浓重的雾气，言绯的视野撑死了只有一米左右，她能看到的只有久远。

他和晚上一样光着膀子，露出结实的小麦色胸膛，而他的下身则穿着一条褐色的工装裤，颜色有些淡了，掺合进其他灰蒙蒙的颜色，也不知道是脏了还是什么。裤子脚边的地方还有膝盖处有明显磨损脱线的痕迹，不知是故意划破的，还是穿太久的缘故。

久远咧着嘴，露出一口整齐洁白的牙齿，灿烂地笑着，就像是在拍牙膏广告似的。原本就有些微鼓的包子脸因为笑容变得更加可爱了。

不过……

可爱归可爱，但是异性裸着上身还是会让她脸红啊！

言绯低头下意识地捂住了眼睛。

“我看到的只有你，没有其他人了。”

“哎？怎么会呢？呐呐……我就站在你的左边，你怎么可能看不到我呢？”言绯的话音刚落下，一个小女孩的声音立刻窜了出来，“不要说谎了，你可以看到久远，不可能看不到我！”

“你在我的眼前？”言绯不解地再次抬起头，向左边看去。

“呐呐，这下你看到我了吧！”

声音从前方传来，但是……她的眼前空荡荡的，除了雾气之外，没有其他东西了！

言绯深吸了一口气，略带几分颤抖地伸出了手掌：“既然，你站在我前面，那个……我们……可以握手吗？啊哈，哈哈……”

“当然可以！”

因为这次言绯没有再说看不见她，对方的声音明显愉悦了几分。

言绯呆呆地看着自己伸在外面的手，很快，她就感到了一股冰冷的气息落到了她的掌心、指尖……一点点地蔓延，似是一只小小的手，从上面握住了她的手！

“嘿嘿，握过手了，那我们就是朋友了吧？呐呐，我叫小一，一二三四的一，你呢？哦对了，你应该不记得了吧？嘿嘿……那我们帮你想一个……嗯……”

“不，我叫言……言绯。”

“言绯？你自己取好了？”

“嗯。”

不知所云地点了点头，言绯僵硬地收回了手，不再面对小一。她很希望自己可以再晕过去，只是事实证明她并没有那么脆弱，她连翻了几次白眼，都没能让自己的意识混沌。

反倒身边那个只能听到声音、不能看到模样的女孩越发清晰了。

言绯深深地低着脑袋，这次她说什么都不要再抬头看了：“这、这里……除了，小一、久远……还有谁？”

“哦，还有小南、阿卡，你们要不要握握手呢？”

小一热情地想要向言绯介绍她身边的“朋友”，言绯感觉到有阴森的冷气爬上她的脊梁骨，她赶紧摇了摇头，仓皇地站了起来。

“啊哈哈哈……不用了，哈哈，我已经知道大家了。那个……我现在可以回去了吗？”

言绯想要离开这个诡异的圈子，但是她被久远拦住了。他似乎很喜欢抓住言绯的手腕，冰凉的手指死死地扣牢，就像手铐一般让她无法挣脱。

“我不是说过，你回不去了吗？”

“回不去了，是代表……我要永远，和你们住在一起了吗？”

久远“嗯”了一声，然后指了指他旁边：“我们都在这林子里住很多年了。小一是第一个，然后是阿卡，然后是……”

久远说了一堆言绯陌生的名字，他数了好久，最后才说到了自己：“我之前的是小南，最后一个来的是我。嗯……我之后，好久都没有其他人再进来了。”

“没有其他人再进来了？”

“除了你。”

“除了我？”

“对。”

面对久远的回答，言绯现在简直悔得肠子都要青了！

很久都没有人来啊……都没有人敢进来，除了她这个大笨蛋！

可是……如果是这样，那么叶澜笙是怎么知道萤火之海里有他需要的石头，并且描述得那么详细的！难道那个时候，叶澜莘打断叶澜笙的话，就是因为他知道一些关于幽灵树海的流传吗？

最最重要的是，久远口口声声说言绯已经死了，可是她究竟是怎么死的？

为什么她一点关于自己死去的记忆都没有？

面对言绯的困惑，小一和久远都说那是正常的。

因为被困在幽灵树海里的大家也不知道自己是怎么死的，死了多久。他们甚至不记得自己死之前的事，包括自己的名字，住在哪里，亲人是谁，为什么要来这里，等等。

他们醒来之后，唯一能够意识到的，只有他们已经死了，变成了幽灵。

并且，对于身为幽灵的他们来说，这个林子似乎笼罩上了某种魔力，它在迷雾中被无限放大，无论他们怎么寻找，都永远在林子里徘徊，无法离开这里。

在幽灵树海里，因为雾气的缘故，幽灵们很长一段时间都感觉不到时间的流逝。每年唯有一个季度，雾气会散去，正常的夜晚重新降临到幽灵树海里。

而从久远来到这里后一直到言绯的到来，期间已经过了整整三个夏季！

三年的时间，漫长得足够让一个男孩变成少年，但是他们仍旧那么大，时间在他们身上暂停了。

言绯不敢问久远，为什么她可以看到他，可是她却看不到其他幽灵。她可以真实地触碰到久远，但是却碰不到其他幽灵们。

她醒来后会感到饥饿，当久远看到她吃着随身带来的干粮时，就会用一种很匪夷所思的表情告诉她，他们不应该感到肚子饿才对！

咽着干巴巴的食物，言绯艰难地消化着那些乱七八糟的话，很快，她就感觉到了一些异样。

她和久远两人之间……似乎在某个过程中出了很细微的差错，所以导致他们在感官和体质上出现了某些异样。

而这个差错，是大家之前都未意识到的。

揪着那份不解，言绯开始越发坚信，她并没有死，她还可以离开这个林子。

只要等晚上……只要甩开久远……

可是，久远有那么容易就被甩掉吗?

自从他把言绯从泥潭中拉出来后，他就像鼠标跟随电脑一样走在言绯的身旁，抢走她的行李丢到了幽灵群中，监视着她的行踪让言绯连脏衣服都没有办法换!

“拜托，你不要总跟着我好不好，你不是说我已经死了，离不开这个林子了吗? ”

言绯紧闭着双眼朝对方做出乞求的姿势，可久远的脸皮简直比墙还厚，他笑嘻嘻地将手背到脑后，好像一点都感受不到言绯口吻中的抓狂：“可是言绯是新来的嘛!幽灵树海里有规矩的，前一个来的，一定要照顾新来的。嘿嘿……我等这个机会等了好久呢! ”

“等了好久? ”言绯一怔，她赶紧伸手拍开了久远的脑袋，“有时间等，为什么不找办法离开这里? ”

“离开? 为什么要离开? 这里不好吗? ”

“这里哪里好了! ”

到处都是幽灵和该死的雾气，视线永远都是模模糊糊的，唯有夏季的晚上林子才会变得正常，可是到处飘的还是幽灵!

“没有了过去的记忆，就算离开了这个林子，就算到了外面，回到过去的地方，遇见了过去的人，可是不记得了，再多的过去，也没有任何意义，不是吗? 与其回到那个陌生的环境，孤独而盲目地游荡，不如留在这里，有新的同伴，不是很好吗? ”久远将双手背到脑后抱住，双眼眯成了两条弯弯的线。

言绯被他反问得突然词穷了，许久，她才僵硬地点了点头："我想，我或许可以明白一点。"

她明白那种想要留在记忆最多的地方的想法。

如果没有那份约定的执念，她也不会离开大山，独自一个人来到陌生的城市。

她也明白，记忆容易给人带来莫名的安全感。

因为，他们死去了，什么都没有了，所以，才需要一个人，带着他们，为他们制造新的记忆，赶走空虚和彷徨。

可是……她不是。

她全部的过去都记得。

留在这里，面对陌生的他们，面对他们口中的"死亡"，才会让她感到不安。

言绯默默地想着，她能感觉有一只冰凉的手落在了她的头顶，将她的脑袋轻轻地往下按了按。

言绯总觉得，久远想要跟她说什么。

只是久久的，直到那只毫无温度的手离开她的头顶，他都没有开口。

在雾气弥漫的林子里，时间就仿佛被无限拉长延伸，言绯晃荡在望不到底的幽灵树海里，每一分钟，她都觉得异常煎熬。

好不容易等到了天黑，看着雾气一点点散去，那些带着光芒的"萤火虫"再次在她身边显现了出来。微小的光芒成了夜晚最明亮的指引，言绯假装漫无目的地在幽灵树海里晃荡着。

没有了阻碍前行的浓雾，很快，她就看到了林子的出口。

如果用跑的话，只要一两分钟，她就能跑出幽灵树海了吧？

言绯看了看一旁正在和幽灵们闲聊着的久远，她深吸了一口气，然后往出口的方向挪了几步，然后……

言绯使出了她全身的力气，飞一般地就往出口的方向狂跑！

“喂，言绯！你干什么！”

快跑的脚步擦过草丛，发出明显的“沙沙”声，没有料到言绯会趁着自己不注意逃跑，久远大喊了一声就赶紧追在了她的身后。

女生和男生比赛跑，原本就很吃亏，言绯只要稍许缓一步，慌个神，她就会被身后逐渐逼近的久远抓住。

“我们是不可能离开林子的，言绯，不要做傻事！回来——”

“离不开的是你们，我和你们不一样。”

没错，她和他们不一样。

她可以离开这个林子，因为她没有死，没有变成幽灵。

一切只是那些幽灵们用自我主观意识在定论着！

眼看着出口越来越近，就在还差两步的地方，久远的手指猛地触碰到了言绯的衣摆！

若不是风突然变方向，吹开了久远伸手去抓的衣角，言绯很有可能就在一秒钟内被他抓住，按在地上了！

茂盛的大树，如同围栏一般，将整片林子死死地和外面的城市隔开。

在言绯跑出最后一棵树的同时，她只觉得眼前一花，整个人就累得瘫软地半跪在了地上。

气息混乱得让她感到大脑极度缺氧，血液向头部直涌，热气一直烧到耳后根，夏夜的热风吹在脸颊上，热得言绯的额头都留下了汗。

“你没有死？”

宛若自言自语一般的低喃响在言绯的耳边，蓦地抬起头，她看到了站在树后的久远。

“你……可以出去？”

在萤火虫的映衬下，他凝望言绯的目光带上了几分失落，脸上灿烂的笑容犹如烟花一般湮灭了，一瞬间，言绯忽然间觉得，眼前的久远有些陌生。

“抱歉……我不能跟你们留在这儿。”粗喘了几口气，言绯撑着地站了起来，“我有记忆里最喜欢的地方，如果不是和朋友的约定，我也不会离开那里。所以……”

就算约定无法实现，就算一切都失败了，就算要停留，她也要回到从前的地方。

“呵呵……看来，你对于过去的记忆，感到很幸福啊。”久远幽幽地说着，脸上再次挂上了言绯熟悉的笑容，那样大大咧咧的，仿佛没有什么事能够让他感到忧伤，“呐，我不可以出去，你可以把手伸进来吗？”

言绯一怔，她急忙双手相握着放在了胸前：“你……”

“我不是想拉你进来。我和他们不一样，而你与我也不相同。因为你离开这个林子了，所以我不留你了。”言绯不明白他在说什么，同时她也不明白，在说这话的时候，久远为什么要笑，还笑得那么灿烂。

好像……开心是这么表达，不开心也是这么表现。

见言绯谨慎得不愿伸手，久远耸了耸肩，然后他从口袋里掏出了一个东西，放到了树海边缘的地上。

幽暗的林子，亮起了一抹刺眼的红光，透过黑色的幕布，强烈得让人无法忽视。

“你来幽灵树海是想要这个吧？”久远将双手背到了脑后，那么愉快的笑脸，就像是做了好事，等待家长表扬的小鬼，“昨天你昏过去的时候我发现的，反正也不是重要的东西，你拿去吧。”

“久远你……”原以为自己的任务失败了，可当想要找的东西被放到了自己的眼前时，言绯顿时感激得不知道该如何，她想要说谢谢，可是开口，却又变成了另外的话，“你……出不来吗？”

“嗯，出不去。因为我早就死了啊。”说罢，他笑着转过了身，自顾自地往林子的深处缓步走去。

远处，有萤火的光芒飞舞着，可距离却把他的身影变得越发模糊。

言绯失神地站着，直到久远完全消失在了她的视线中，她才蹲下身，小心翼翼地将手伸进了林子里，拿出了那块发着红光的石头。

CHAPTER 02

冰封之城

1.

当言绯浑浑噩噩地拿着石头来到全职事务所附近时，天已经微亮了。

这个时候，大街上几乎没有什么行人，但是在事务所的大门口却停着一辆看上去很长的黑色轿车。清晨的光很微弱，可是映落在被擦得锃亮的车面上，反射出的光仍旧晃得言绯双眼发花。

言绯眯着眼睛往车子旁边挪了几步，然后他看到了斜靠在事务所门边的叶澜笙。虽然是早晨，盛夏的热度仍旧让人感到浑身黏腻不适，可是叶澜笙却看上去一身清爽，银色的长发配着苍白的脸色，他全身都透着浓重的寒意，仿佛室外的阳光根本无法使其温暖，让人不敢轻易接近他。

而在他的旁边，一个穿着西装的男人毕恭毕敬地站在那里，在和叶澜笙说着什么。

这个家伙……啊，是他！那天被叶澜莘赶出事务所，跪在门口的中年男人！

他怎么又到这里来了，而且还没有被赶走?

言绯困惑地再次望向叶澜笙，这一次，她对视上了那双犹如蓝宝石一般的眸子。

言绯的出现似乎让叶澜笙很惊讶，他皱了一下眉头，随即朝一旁的男人做了个手势，示意他稍等片刻，然后叶澜笙快步走到了言绯的面前："言绯？你从……萤火之海里出来了？"

"啊……对，那个……石头！"言绯赶紧从口袋里掏出了被她握了一个晚上的石头，伸到了叶澜笙的面前，"这个，就是你要我找的石头，对不对？"

慵懒的气息淡了几分，言绯能够感觉得到叶澜笙的目光凝重了几分。

叶澜笙抿着双唇凝视着红色的石头好一阵，才幽幽地继续说道："抱歉，我昨天等了你一天，因为没有等到你回来，所以我临时接了其他的事务。"

"其他事务？"

"没错。"叶澜笙点了点头，他用眼角的余光瞥了一眼一直低头站在原地的西装男，"我接下他的委托了。"

"叶先生，你终于……"听到叶澜笙的话，西装男欣喜地抬起了头，可是他的话未说完，叶澜笙就背对着他做了个闭嘴的手势。

"我现在要去处理的事情很麻烦，可能近期都回不来。所以很抱歉，你的委托暂时要延后了。"

歉意的话从叶澜笙的嘴中说出，言绯总觉得听上去怪怪的，可是她又说不出是哪里奇怪。

"那……大概要等多久，你才回来？"

"也许一个星期，也许一个月，也许更久。"

那不就是，完全不知道他什么时候回来嘛！

如果不顺利的话，那他岂不是有可能半年都不回来？

言绯恐慌地想着，不由自主地摸了摸身后。身后什么都没有，她摸了个空。

糟糕！她之前一心想着要跑出那个诡异的森林去找叶澜笙，竟然忘记了把行李拿回来！

她现在除了这个破石头根本就是身无分文啊！

“我……我……”言绯苦恼地低下了脑袋，她看到自己脏兮兮的裤子，虽然没有镜子，但她也能想象得到，她此时的模样有多狼狈。

难道……她真的要露宿街头？

呜……不要啦！

“这次的任务我正好缺少人手，如果你不介意的话，可以和我们一块去。”叶澜笙很快就看出了言绯的难堪，“我可以聘用你，包你吃住还有工资，不过作为我的手下，你必须听从我的命令，如何？”

“你可以……收留我？”

叶澜笙点了点头，他拿走了言绯手中的红色石头，然后转身对着不远处的叶澜莘说：“澜莘，给你一个小时。”

一个小时？

一个小时干什么？

不解地看着叶澜笙拿着红色石头折回屋子，言绯来不及跟上他，就被迎来的叶澜莘拦住了。他用嫌弃的表情看着言绯，一手捏着鼻子，一手推着她往旁边走。

“唉，真不明白，为什么你一回来，哥哥就要帮那个老家伙！喂喂，你给我快点啦，还在发什么呆！你只有一个小时，快去一旁的浴室洗干净。等会儿买新衣服的钱我会记得在你工资里扣的！”

哦！原来所谓的“一个小时”是让她去洗澡换身衣服啊！

言绯恍然地一手握拳敲向了另一只掌心，对于叶澜笙的感激顿时又多了几分。

果然，人不可貌相啊！

看上去冷冰冰的人，实际上却是个大好人啊！

叶澜笙的全职事务所旁不远处就有一家小型浴场，大清早来洗澡的人很少，浴场里静悄悄的，时不时地言绯就能听到浴场外的叶澜莘的催促声。

他每隔五分钟就会叽里呱啦地对着里面喊上一通，就算看不到他，言绯也能想象得到对方那副欠揍的嘴脸。

真是的，为什么有着这么一张可爱的脸，脾气性格却那么烂呢！

言绯气呼呼地想着，不经意地，她想到了久远。那张一直带着笑的脸在湿气弥漫的浴场里，仿佛笼上了一层淡淡的纱，恍然之间，言绯发现她忽然有些记不清久远的模样了。

他的身影渐渐模糊起来，唯有一抹轮廓清晰着，一如被稀薄的月光勾勒。

“啊……谁要想那个神经病，哼哼，如果不是他抢走我的行李，我现在也不会这么落魄呢！”言绯使劲地摇了摇脑袋，将脸半埋进了水里。

买衣服的事情叶澜莘拜托了浴场的老板娘，言绯不知道对方是怎么一眼就看出她的身形尺寸，当她穿着再合身不过的T恤和中裤时，她都不知道该怎么表达自己的惊讶了。

言绯想要向浴场老板娘表达谢意，却被叶澜莘用一句“付钱的是他哥哥”给打断了。然后叶澜莘很不礼貌地拉着言绯就回到了全职事务所。

她一到，穿着西装的中年男人就毕恭毕敬地把她请到了那辆看上去特别高档的轿车里。

叶澜笙已经坐在了里面，他正沉静地翻着一本看上去很厚很旧的书，上面都是言绯看不懂的奇怪字符，她多看了几眼，就识趣地移开了视线。

车子开得很平稳，叶澜莘坐在叶澜笙旁边没有多久就睡着了。

少了几分张牙舞爪，睡梦中的叶澜莘脸蛋鼓鼓的，看上去好可爱，让言绯很想伸手去捏一捏他的脸颊。

只是她的手才伸出去，就被叶澜笙拦住了。

他合上了厚厚的书本，冰蓝色的眸子对向了言绯：“言绯，我可以问你几个问题吗？”

那种平静的口吻，与其说是询问更不如说是命令，让人无法拒绝。

言绯生硬地点了点头，一刹那，她觉得车子里的空气都因叶澜笙自身散发出的寒气而冻结了。

“你能如实告诉我，你在萤火之海里，遇到了什么吗？”

叶澜笙说着从口袋里掏出了一个玻璃小瓶子，在瓶子的封口处贴着一张很小的纸条，上面依旧写着言绯看不懂的字符。

而瓶子里放的，似乎是她给叶澜笙的红色石头，不过体型上要稍许小一点。

它正微微地散发着猩红的光芒。

“其实我也不太清楚，一开始进萤火之海的时候还挺顺利的，只是我在拿石头的时候无意间掉进了一个类似沼泽的坑，是个叫久远的男生救我出来的，石头也是他给我的。不过他看上去神经不太正常，不但骗我说我已经死掉了，还一直阻碍我离开树林。最让人郁闷的是，他的身边还跟着一些很奇怪的东西，就像……”

“幽灵。”

言绯正想着该如何用外人可信的话解释那一天她遇到的让人匪夷所思的事情时，叶澜笙却口吻严肃地接下了言绯的话。

“你遇到了林子的幽灵，对不对？”

“嗯……”言绯忍不住试探地问道，“那个……叶澜笙，你是不是知道，萤火之海也叫幽灵树海？而里面住的，不是萤火虫，而是幽灵？”

“不，这些我都不知道。关于那个地方，这些年的确有过一些很奇怪的传言，但是从来都没有人能证实传言的真假。我唯一知道的，只是树林里有这些发光的特殊石头。”

一些话，一旦套上了“传言”这样无法明确界定的词，整个内容就顿时蒙上了一层诡异，言绯没有多琢磨叶澜笙的话，她只要想到之前在林子里那些看不到的却一个劲跟她说话的幽灵，她就忍不住地打了个冷战。

叶澜笙一手撑着脸斜靠在车窗边，他收起了几分凝重之色，只是目光仍旧不离言绯：“对了言绯，你能看到那个叫久远的男生吗？他是幽灵体？”

“啊不是啦，他和我一样，是有实体的！我才看不到那些幽灵，我……”

“什么？他有实体？”言绯的话让叶澜笙的声调顿时提高了几度，她猛地抬起了头，还来不及多捕捉叶澜笙眼中的吃惊，他的表情就再次陷入了慵懒，“你还……记得他长什么样吗？”

言绯摇了摇头：“刚才有想过，只是不知道为什么，我记不太清他的长相了。”

“这样吗……”叶澜笙的语调低沉下来，他侧头看向了车外。

窗外的光景透过玻璃带着斑驳的倒影快速地掠过，他的眸子犹如纯净的蓝宝石，但却映不进任何的倒影。

言绯不知道自己呆呆地看着叶澜笙究竟失神有多久，只是当她再回过神的时候，她突然发现，外面的画面有点不太对劲。

首先是透明的玻璃不知怎么的，竟凝结上了一层薄薄的冰。

没错，就是冰！

在这个热得不像话的季节里，车玻璃上竟然结冰了！

太阳依旧灿烂地照着，可是窗外的世界，都变成了冰的城市。那些树木花草此时此刻都变成了冰雕，被厚重的冰块覆盖着，没有行人，没有生气，他们仿佛是坐着车，从夏季穿越到了冬季！

寒意透过车子，传达到了言绯的身上，她抱住双臂，不禁深吸了一口气。

“这……”

“这里被诅咒了。”叶澜笙的表情依旧淡淡的，他从座位旁边拿起了一条早就备好的毛毯，然后轻轻地盖在了叶澜莘的身上，“是冰封的咒语。”

“诅咒？”

“嗯……虽然暂时还不知道诅咒是谁下的，不过我能感觉得到，对方的能力非常厉害。”

叶澜莘说，他的哥哥非常厉害，那么被叶澜笙承认强大的人，一定也不是一般的角色吧？

“因为觉得很棘手，所以之前你才不肯接对方的委托。”

“没错。”

“那么麻烦的事，为什么后来你又接了呢？因为怕影响名气吗？”言绯想当然地问道。

这下，对方安静了。

言绯等了很久，才听到叶澜笙用一种空灵的口吻缓缓地回答道：“因为，你来了。”

你？

他是指言绯吗？

言绯困惑地琢磨着叶澜笙的话，她不明白她来了跟叶澜笙接不接这件事有什么关系，木讷的大脑还未消化他的话，车子就重重地颠簸了几下，伴随着一声刺耳的爆破声从窗外传来，车子便“咯吱”地停了下来。

“抱歉……车子只能开到这里了。临时住所就在附近，能否请各位随我走过去？”

坐在前面的西装男人离开了轿车，他快速地套上毛皮大衣然后走到了他们的窗边，绅士般地打开了轿车的大门，朝他们做了一个请的姿势。

凛冽的寒风刹那间钻进了车厢，还穿着夏季装束的言绯感觉自己快要被风吹成冰棍了！

2.

西装男的车子上并没有备多余的衣服，言绯只能披着厚厚的毛毯，半缩着身体走在寒风中。

她冻得牙关直打战，双脚更是僵硬得仿佛要结成冰。

而叶澜笙正好和言绯形成鲜明对比。

他似乎一点都不怕这凛冽的寒风，没有披毛毯，没有加厚衣服，叶澜笙就如同冰雪中的怪物，穿着夏季清亮的衣服毫不无畏惧寒冷地往前大步走着。

他脚下冻结的冰块“嘎吱嘎吱”地碎裂着，冷风呼啸而过，吹起他银蓝色的长发，苍白的色调和冰封的世界相映衬，晃眼之间，言绯总觉得，叶澜笙和眼前的画面一样，都缺乏生气。

就像……被困住，就像……死去了。

倒是一旁叶澜笙的弟弟显得生动得多，一路上喷嚏打个不停，包子脸蛋被冻得红彤彤的，可爱得让言绯忍不住哈哈大笑。

“笑什么笑，有种你就不要披毛毯！”

“哈哈……不行不行，最厉害的是你哥哥，我和你一样都很弱的！”言绯在最后几个字上加重了语调，果然她的话音刚落下，某个坏脾气的小屁孩就彻底抓狂了。

“你说我跟你一样弱吗？开玩笑，我告诉你，虽然我现在还没有到考取正职的年龄，但是我早晚会成为厉害的元素师！”

“元素师？”叶澜莘忽然冒出的话让言绯有些丈二和尚摸不着头脑了。

元素师是什么东西？

看他一副自恋的表情，难道也是什么很厉害的职业吗？

“没错，我和风之灵，也就是风隐灵，吟音签订过约定！再过一个半月，只要我满了十岁，我就可以使用风之力！哼哼，到时候你根本就不是我的对手！”

叶澜莘得意地说着，言绯很相配合地摆出一副吃惊的表情，可是……

他到底在说什么啊？

什么风之灵吟音，什么签订契约……

他童话故事听多了吗？

“好好，你厉害……那我就趁着这一个月的时间赶快干掉你。”

“你……”

“抱歉，允许我先打断两位的谈话，我们的目的地已经到了。”

就在言绯和叶澜莘两人之间的火药味越来越浓重，即将爆发的时候，西装男忽然插到了他们当中，他严肃地说着，然后指向了前方。

言绯茫然地抬起了头，然后她被眼前的画面彻底震撼到了。

在他们的前方，是由纯白的钩花铁栏和高耸的大树围绕着的庭院，它的大小接近于一个普通的露天广场。只是，这个庭院没有任何的生机，没有鸟声，没有动态，所有的……都被冻结了。

在庭院的中央有个很大的喷水池，在这异样的温度下，四周的一草一木，包括喷涌出的水柱都被冰封成雕塑，在抛物线状的喷水柱间，矗立着一座晶莹剔透的女像。

她半侧着身体，面带平静的脸微微朝上，半眠的双眼似在凝望着什么，又似在思念着什么。伸在半空中的左手微抬起的食指，骨节上停着一只纯白的冰雕蝴蝶，栩栩如生，仿佛随时都会飞走。她裸露着身体，漂亮的身姿唯有飘逸的长发倾泻而下，半遮半显。

宁静的发丝如同纯净的泉水，盈着天空的光，飘散融入喷水池四周的冰柱中。而它，也如同锁链一般，将她困于喷泉之中，让她只能那么静静地矗立着。

在女像的后面，则是一幢大得有些离谱的房子，在厚厚的冰层下，它成了冰的城堡，透着寒气，折射着光，那华丽的模样简直让人无法移开双眼。

“去年冬天下了一场很大的雪，然后在一夜之间，附近的植物雕塑包括这幢房子就都被冰封住了。”西装男缓步走到宅子的门口，“我们请了很多人，但是都无法解决。一般人到里面之后不出一个小时就会被冻住，后来就没有人敢再进去了。”

“冻住？”言绯瞪大了眼睛吃惊地大呼道。

他们这里是冰块制造所吗?

只要一个小时就可以把一个活生生的人给冻成冰雕?

华丽的宅子在西装男的解说下顿时带上了诡异的气息，冷风从他们身后呼啸而过，隐约地，言绯莫名地感觉有一道凌厉的视线从后面扫向了她，可是当她僵硬地回过头，她的身后却空荡荡的，没有一个人。

同时回头的，还有叶澜笙。

“你察觉到了什么？”叶澜笙半眯起了眼睛问道。

“没……没有。”

“是吗？”叶澜笙并没有看言绯，他喃喃地说着，然后走到了西装男的身旁，用命令的口吻一字一句地说道，“你先带我弟弟到今晚我们要住的地方去。”

“哥哥！我不要走，我要跟你一块进……”

“言绯，我进去十分钟后你再进来。”叶澜笙根本不理会叶澜莘的嚷嚷，他从口袋里掏出了一块样式有些古老的怀表丢到了言绯的手中，“然后你有一个小时的时间，我会在屋顶等你。”

屋顶?

去屋顶干什么？看风景吗?

言绯不解地抬头看了一眼冰封的房屋，它大约有五层楼那么高，在顶楼，屋顶由无数根从楼房边缘窜出的铁杆围起来，形成一个镂空半圆的屋顶。

远远地看去，它就像一个罩在楼房上的牢笼。

“哥哥，为什么她可以去，我却不可以！哥哥，我……”

“你们不一样。”

听到叶澜笙的回答，叶澜莘似乎意识到了什么，他脸色凝重地抿起了嘴巴，乖乖地跟着西装男离开。

叶澜笙沉默地看着弟弟一点点地离开了他的视线，他才走到了被冰封的大门前，掌心朝上伸出了右手。

抬起的右手心渐渐地萦绕出了一丝光，仅在几秒的时间里，光团一点点地扩大，向外延伸出方形的轮廓。待光渐渐散去，叶澜笙的手中多出了一本厚厚的书！

那正是刚刚叶澜笙放在车子里的！

言绯很确信，他们离开车子的时候，他没有把书带出来！

呼啸而过的风犹如无形的手，吹开了书的封面，哗啦啦地翻动起书页，随后风停在某一页，叶澜笙低头看了一眼，便“啪”的一声合上了书。

“藏匿于冰中的灵魂，在烈焰中退去！”

低沉的嗓音在这寒冷空旷的四周响起，叶澜笙伸出一只手贴向那冰封的大门。从他掌心冒出的红光宛如炙热的火焰，将凝结在大门上的冰块融化！

“嘎吱——”

伴随着陈旧刺耳的声响，大门缓缓地打开了！

“记住，注意时间，十分钟后进来，一个小时内一定要到达屋顶找我。一秒都不要差。”

叶澜笙并没有回头看她，他只是简单地交代了一句就走进了屋子里，留下言绯一个人站在门口盯着怀表发呆。

言绯不知道自己跟过来是好还是坏。

虽然她很乐意帮叶澜笙的忙，只是不知为什么，言绯看着滴答滴答走动的指针，总有一种很不好的感觉在她心口蔓延着。

不知道该如何形容。

还有三秒……两秒……一秒！

“好，我进来了！”

言绯大喊了一声，大步跨进了屋子。

然后，让她怎么都想不到的事发生了！

屋子里面铺的是光滑的大理石，凝结上一层冰后滑得她根本站不住脚……

于是，她才进来第一步，就狼狈地摔了个四脚朝天！

“呃……怎么回事嘛！刚才叶澜笙进来的时候怎么没有滑倒呢！”

言绯倒吸了一口冷气，她一手撑着冰冷的地面，艰难地想要爬起来，可是身体才离开地面没有十厘米，她的脚就再次打滑了。

砰——

啊啊啊，现在这种状况，她不要说一小时内要到达顶楼了，连站起来都很困难。再加上摔倒的时候她根本没办法用毛毯护住裸露在外的皮肤，身体一接触到地面的厚冰层，就冷得直打哆嗦。

前一天碰到个神经病，非要说她已经死掉了；后一天又来到了一个鬼地方，季节错乱，冷得要死。

唔……她究竟有多倒霉，在短短的几天里碰到这么多麻烦的事啊！

言绯抓狂地想着，干脆不再站起来了。她将毛毯垫在身下，然后双手做浆，愣是把地面当做了湖，“划”了起来。

不过……平坦的地面可以划，楼梯……可以吗?

当言绯艰难地滑倒在楼梯口的时候，她忽然有种想把这幢楼拆掉的冲动。

叶澜笙那个家伙究竟是怎么上去的！

好吧，她是知道他很强大啦，但是现实也犯不着那么快就向他印证她究竟有多差劲吧！

言绯欲哭无泪地扶着寒冷得刺骨的楼梯扶手，艰难地站了起来。

“嘎啦啦——”

不给她捡起毛毯的时间，地面上的冰块就像有生命一般，快速地延伸向上，将毛毯和大理石冻结在了一起……

乓——

嘭——

啪——啪——嘭！

从台阶上一节一节地摔下来，言绯抓着扶手的手指都冻得发紫了，指尖越发地发麻，那些寒气如同张牙舞爪的怪物，不断地透过指缝往她身上涌，仿佛要将她也吞噬于冰雕的世界。

如果没跟过来，她的下场无非就是沦为乞丐，饿死脏死臭死；跟他们过来，她的下场却变成了冷死摔死！

这两个似乎一点差别都没有……

言绯一步都不敢停滞，她很害怕自己只要一慌神就会变得和毛毯一样，被冻结起来。

终于，在怀表的分针走过四分之一圈的时候，言绯总算来到了二楼。

不同于一楼的空旷、荒凉与寸步难行，二楼的地面没有那么滑，掌握好脚下的力度，言绯总算没有再摔。

只是，在靠近楼梯的地方，言绯看到了好几个矗立在原地的冰雕，或者说，是被冻结起来的人类。

他们的表情因为恐惧而变得狰狞，有人回头望着身后，似乎是有谁在后面追赶着他们，而他们，就是在飞奔逃跑的瞬间，被冻结在了原地。

气氛不由得阴冷了几分，言绯双手环抱住双臂，用力地来回搓了几下。

言绯想赶快找到通往三楼的楼梯，只是二楼的构造就像迷宫一样，来来回回交纵着好些通道。冰缠绕在墙壁上，封锁住一幅幅装饰用的人像油画。

玻璃被寒冰刮裂，画的表面糊成了一堆，呈现出诡异的扭曲感，仿佛叫嚣的鬼魅。

嘭——

言绯再次摔倒在了地上，只是这次，她不是滑倒的，而是被绊倒的！

平滑的地面不知何时冒出一个一个小疙瘩，它们就像拥有生命的小芽，从地面中一点点地向外拱出，顶端也变得越发尖锐！

难道说……

在二楼追赶那些人，把他们变成冰雕的，就是这些冰块？

言绯扶着墙面很慢很慢地站了起来，尽管她的动作很小心，但那些冰块还是跟着了魔似的感应到了她的移动！

它们忽然加快了生长的速度，眼看着身边的冰块迅速蹿到三四十厘米的高度，言绯再也撑不住气了，她深吸一口气，跨着大步就往通道外跑。

脚底的打滑让言绯好几次都要摔到，地面上更是如雨后春笋般地“乒乒”冒出一根根尖锐的冰柱！

二楼！这里才是二楼啊！

连顶楼的一半都没有到啊……

怪不得所有的人进去没有一个小时就都被干掉了，这里实在是太变态了！

“喂……如果我说，我想回去……你们可以放过我吗？”

言绯举起双手做出了投降的姿势，可是那些紧逼着她的冰柱根本不理会她在说什么，“砰砰”声仍旧响彻不停！

言绯就这么被冰柱追着在一条条通道里到处跑，渐渐地，随着恐惧淡去几分，言绯就发现，那些冰柱虽然可怕，可是它们似乎并没有真的要攻击她。

每次，在冰尖即将要刺到她皮肤的时候，它们都会停下生长，让她有惊无险地躲过。

难道……它们只是在跟她闹着玩吗？

言绯不敢去证实这个想法，她只能不停地跑。

她不知道自己在一堆冰柱中挣扎了有多久，在感觉自己快要断气的时候，她终于看到了通向三楼的楼梯。

可是……那不是曙光！

那里只会通向更变态的地方！

轰——

一声巨响，不给言绯思考的时间，一根大约有两米宽的冰柱从地面猛地蹿了出来，死死地将言绯的后路给堵住了！

这下，言绯除了往前走，就没有其他的选择了……

“啊啊啊……你们都是变态，早晚都会被太阳给晒精光的！”

言绯抓狂的喊声刚落下，凝结在天花板上的冰块就“噼里啪啦”地掉了下来，直直地砸在了言绯的脑袋上！

细小的碎块贴着皮肤融化成寒冷的冰水，顺着发丝一点点地往下滑，凉得言绯只觉得太阳穴一阵刺痛。

言绯认憋地闭上了嘴巴，然后掏出了怀表。

时间已经过去了三十五分钟。

嘶……还有三层楼，二十五分钟，怎么办啊？

3.

有了前车之鉴，言绯进入三楼的时候可谓是走一步看一眼，就怕突然冒出什么东西，杀她个措手不及。

只是这层楼静得诡异，不同于一楼和二楼，三楼的地面结的冰非常薄，每走一步都能听到薄冰碎裂的“咯吱”声。

在冰面上，刻下了一排很浅的脚印。

脚印的边缘能看到一些冰块融化的痕迹，似是被温度很高的东西碾轧过。

顺着脚印的方向，言绯来到了一处比较隐蔽的地方。

在她的前方，没有了墙壁，房屋与外界仅被一个长方形的玻璃通道所隔开。玻璃通道里停着一个由铁栏围起的笼子，有细长带刺的藤蔓缠绕在铁栏上，寒冷的冰阻止了它们继续生长，但是透过冰层，言绯仍旧能看到覆盖在其中盛开出的猩红的花骨朵。

“你就是他们送来的食物吗？”

空灵而诡异的女声蓦地响在了言绯的身后，如同落入湖中的水滴，回荡出一圈圈的涟漪，无形地将言绯笼罩。

言绯慌张地转过了头，可是她的身后却空荡荡的，什么人都没有。

好不容易才放松一些的神经再次紧绷了起来，言绯的心跳更是怦怦的，慌乱了节奏。

“谁？谁在和我说……啊——”

没有人在她的身旁，但却有一股力量缠绕着她，将言绯往后拉去！

紧闭的玻璃门“叮”地一声打开了，然后言绯落入了那个悬吊在半空的牢笼中！

“浑蛋！你们到底要干什么！”

铁笼的锁口就在言绯被关到里面的瞬间就被冰封住了，缠绕在笼子上的藤蔓挣脱了冰块的束缚，它们穿过铁栏的缝隙，迅速地缠上了言绯的四肢。

藤蔓一圈一圈束紧，藤条上的小尖刺扎入了言绯的手腕和脚腕，疼得她忍不住倒抽了一口气。

“你身上有他的气息……他在哪里？”

她？他？它？

同样的读音却带着不同的性别和种类，言绯完全不知道对方在说什么。

“你是谁……幽灵吗？”

“哼，愚昧的人类，我是这里的主宰者，而你……是我的食物。”透明的女人傲慢地说着，她就像高高在上的女王，蔑视着眼下所有的人群。

随着她的话音落下，藤蔓又束紧了几分，刺更深地扎入言绯的皮肤，有血丝顺着它的刺渗出，然后在寒冷的气息中凝结，拢上淡淡的紫黑色。

糟糕……藤蔓上有毒！

言绯咬紧牙关，艰难地说道："食物？我不明白你在说什么？我的朋友……就在楼上，他很厉害，我警告你不……"

"朋友？你是说那个拿着红色石头的家伙吗？"

言绯感觉到有一股阴森的寒气逼近了她，似乎是女人靠近了，随即她听到了一声不屑的冷笑。

"可是他把你献给我的哦。"

"你、你说谎！"言绯忍着疼痛，她死拽这藤条僵硬地从口袋里掏出了叶澜笙给她的怀表。

走动的分针在一点点地逼近一个小时的位置，但是……时间还没有到……

"所以说，你们人类就是那么的好骗。"

缠在言绯右手的藤条忽然抽走了，锋利如刃的顶端从高空下坠，稳稳地刺进了怀表的玻璃表面。

透明的玻璃碎裂，露出了里面发光的红色石头。

小小的石头被固定在怀表的中央，原本刻着时间条码的圆圈顿时盈起了血红的光，快速地向外扩张，泛出奇怪的光纹。

"怎么回事？唔……石头不是在……"

"祭祀的话，只需要一小块就够了。"

什么祭祀?

她根本不知道她在说什么……

叶澜笙不是叫她到顶楼去找他吗?

他……怎么会害她呢……

“这次的任务我正好缺少人手，如果你不介意的话，可以和我们一块去。”

……

“哎哎，真不明白，为什么你一回来，哥哥就要帮那个老家伙嘛！”

……

“那么麻烦的事，为什么后来你又接了呢？”

“因为，你来了。”

……

“哥哥，为什么她可以去，我却不可以！哥哥，我……”

“你们不一样。”

……

原本不太注意或者听不懂的话此时一股脑地涌到了言绯的脑袋里。

她觉得自己的太阳穴隐隐地作痛，似意识到了什么，却还是有太多的事弄不明白。

“你究竟是谁？”深吸了一口气，言绯鼓足勇气问道。

她的身边安静了，半晌，女人才幽幽地回答道："你回头看看。"

回头?

僵硬地扭过脖子，言绯不解地看向身后。

在半空中，笼子的外面，言绯看到了一个被冰层覆盖的半透明的女人。

飘逸的长发冻结得犹如利剑，在寒风中飘散着银丝，紫红色的眸子盈着诡异的光芒，如野兽的目光一般，紧紧地锁住猎物的身影。

她的嘴角微微上翘，在眸中光芒的映衬下，透着杀意。

是她……

那个喷水池中央的女像!

她……

"你要……杀了我吗?"无形的威慑带着寒冷逼近言绯，她的声音无法控制地颤抖了。

"原本是这么打算的，不过……你身上有他的气息。"

"他?"

"没错……他，你身上有他的气息，这代表你不久前遇见过他，但是他却没有杀掉你……哈哈……"

"我不明白你在说什么……"

言绯下山之后遇到过无数的人，有和她结伴过的旅人，有询问路的行人，有小店的老板、营业员……

那么多人，她指的究竟是哪个?

"他叫洛德，地嗜灵，洛德!我给你三天的时间，如果你无法将他带来见我……你们这里全部的人，我都会送你们下地狱!"

女人高分贝的声音充斥着言绯的耳膜，几乎要将它震破。

言绯痛苦地想要捂住耳朵，可是四肢却被藤条紧紧地缠绕住，发凉的指尖越发无力。头皮越发地发麻，四肢上的疼痛在一点点地退去，与此同时，意识也仿佛随之被一同抽离出身体。

渐渐地，耳边的声响消散了，四周再次恢复了平静。

无法形容的轻松感萦绕在了言绯的心头，她不禁松了一口气，缓缓睁开了眼睛。

言绯看到了自己躺在牢笼里，带着痛苦的表情。

没错，她看到自己了？！

“我、我、我……”

言绯慌张地伸出双手，却发现自己的手竟然变成了半透明！

而她，竟然飘出了笼子，停在半空中！

“这是怎么回事？为什么我会这样？你……”

“只是用咒语将你杀死了，所以现在你的灵魂和身体抽离。”优雅地坐在笼子上的女人看着言绯，用轻松的口吻说道。

她似乎很喜欢言绯这副慌张的模样和不知所措的表情，脸上的笑意比刚才更浓了。

“杀死？你是说，我现在死了？！”

死了？又死了？

虽然这次死得比较像真的，可是……

啊不对不对，什么真的啦！

言绯彻底乱了。

“你不是说不杀我的吗？你怎么出尔反尔！”

“不是不杀你，只是……想让你替我找到他罢了。”女人挑眉纠正了言绯的质问，“你放心，只要你能在三天内找到他，并让他来见我，我就可以让你活过来。不过……”

“不过？”

“如果你没有带他回来，或者超过了时间，你可就真的死了。而且会有好多好多的人给你陪葬哦。”女人一字一句地说着，同时，她的身体也在渐渐地变得透明，一点点地从言绯的视线中化为虚无，“记住我的名字，我是水寒灵，雾淼。”

CHAPTER 03

幽灵树海

1.

一定是上辈子做了什么坏事吧?

所以才一到人群中，各个都要干掉她，张口闭口地说她已经死了。

没有时间向雾淼多询问，言绯被她震出了寒冰区，重新回到炎热的夏季。

飘荡在人群匆忙车流不息的马路上空，言绯至今都理不清思绪。

什么地嗜灵，什么洛德，她根本就是第一次听说过，脑袋里对这家伙一点印象都没有，也不知道他是高是胖，是男是女。

人海茫茫，现在让她到哪里去找他嘛!

如果她真的有那么神通广大，随便说一个名字就能找到人，那她也不用跟着叶澜笙到那该死的冰房子里受罪了!

最重要的是，所谓的三天时限，已经让言绯在城市里给晃荡掉了一天，待她看到第二天的太阳升起时，才总算意识到了自己的时间越来越紧急了!

“啊，不行不行，我现在是幽灵，这里根本没有人可以看得见我，我得找能看得见幽灵的人询问。不过……有谁看得见幽灵呢……”言绯一手撑着下巴，苦恼地在脑袋里搜索着，“最好还在这个城市里，最好我还比较熟悉，比如说……久远? ”

一个名字浮现在了言绯的脑海中。

她猛地瞪大了眼睛看向幽灵树海所在的方向。

呃……第一个说言绯已经死的人是久远，她好不容易才逃出来，现在她再去找他，而且还是幽灵状态……

她这不是丢脸丢大了吗！

不去！绝对不去那里！

只是……心口不一，说的大概就是言绯这样的人了。

虽然言绯嘴上非常坚定地说着不要去找久远，但是当夜幕降临，等言绯回过神的时候，她还是不知不觉地飘到了幽灵树海附近。

记忆中的幽灵树海，一到夏季的夜晚，笼罩着它的浓雾便会随灯光散去，唯有莹莹的光点如同星光坠落，穿梭在树丛草堆之间。

但是这次，一切却都变得不一样了。

正常人眼中漂亮的林子此时却暗得出奇，没有灯光，没有萤火，只有稀薄的月，将惨淡的光线洒落，勾勒出一排排高耸大树的轮廓。

站在树海入口的不远处，言绯却没有看到那些萤火虫的光芒，斑驳的树隙之间，她看到的，是和她一样的……半透明的幽灵，那么的陌生。

对啊，那时候她还活着，跟现在……不一样。

沮丧地低下了脑袋，言绯沉默地飘到了树海的入口，借着淡淡的月光，她隐约看到有什么反光的透明东西正堵在了入口处。

言绯迟疑地伸出了手，小心翼翼地将手放到上面……

怎么会?

不能通过?

她不能通过这个入口？！

言绯诧异了，她使劲地敲着堵在入口处的东西，每一次的撞击都没有发出声响，可是撞击的感觉却那么真实……

她此时就像……被一块无形的玻璃墙阻碍了前行的道路。

难道说……这个就是久远所说的……不能离开的原因?

外界的幽灵不能靠近，里面的幽灵也不能出去，除了……人类?

除了活着的人类？！

“言绯？”

蓦地，一个清亮的声音喊住了言绯，熟悉感从她的心头漫出，止住了先前的不安。

循着声源，言绯注意到了在树海入口的一边，有一个身影斜靠在大树旁。黑暗之中，对方的面容与轮廓都是模糊的，唯有那双浅棕色的眸子盈着淡淡的月光，宛若一潭清澈的湖水，言绯可以一眼从中看到欣喜。

“久……远？”

“原来你真的会再来！看来我在这里等你是没等错了！”

久远愉快地说着，连忙跑到了树海的入口处。记忆中模糊的容貌一点点地又变得清晰，言绯看到了那张灿烂的笑脸。

不管是眼睛还是嘴角，久远的笑意总是那么的深刻，配上有几分可爱的包子脸，看上去总是不会让人觉得讨厌，甚至会让人想要更加接近他的笑容。

只是，言绯一想到先前他死缠着她，说她已经死掉的事，就不禁条件反射地往后退了一步。

于是无形的墙阻碍在他们之间，成了谁都无法逾越的界线。

“怎么？你要走了？”看到言绯退后，久远脸上的笑容淡了几分，他低头耸了耸肩，“不过也对，你还活着……跟我们不一样。”

“不是的！其实我……”

“其实你？”

“那个……久远，你没有觉得我有什么不一样吗？”言绯指了指自己，不禁有些尴尬地朝久远咧了咧嘴。

“不一样？”久远眯起眼睛茫然地上下打量了一番言绯，“胖了？嗯……不对。你……啊！你的身体！”

久远看了好久，才发现了言绯身体上的异样。

他瞪大眼睛，几乎将整个身体都贴在了幽灵树海的入口。

“我眼花了吗？你、你的身体怎么变得……似乎有些透明了？就和……”

“就和树海里的幽灵一样，对不对？”

“嗯，这是因为树海屏障的关系吗？言绯，你进来让我看看，那个，我不是要抓住你，只是想试试能不能碰到你，我……”

生怕言绯误会，久远双手紧贴着透明的屏障别扭地解释着，慌张的神色爬上他的脸蛋，那种毫无遮掩的、真实流露出的担忧让言绯不由得心头一暖。

她摇了摇头：“我进不来。”

“怎么会？”

“真的，这个屏障不仅仅阻碍了你们出来，似乎也阻止外界的灵魂进去。现在我死掉变成幽灵了，所以我也不能通过它进来了。”

言绯老实地交待着事实，但是她的话却让久远的声音顿时又提高了一个音调。

“你……死掉了？！开玩笑……你之前，不是没有……没有死掉吗？我、我……言绯，到底发生了什么？我有些弄不懂了。”

“说实话，我也很弄不明白，不过进不来倒是真的。”

言绯苦笑一声，她走近久远，然后将手贴向了他停在半空中的手心。

透明的屏障堵在两只手之间，让谁都触碰不到对方。

言绯叹气，她刚想说“你看，就是这样”，可是下一秒，她就感觉有一股吸力忽然从她手心所在的方向传来，它缠住了言绯的手指，将她一点点地往幽灵树海里拉扯！

待言绯回过神的时候，她已经进入了幽灵树海。

久远呆呆地站在她的身旁，似乎也没有反应过来刚才发生了什么。

半晌，言绯才看到他将脸凑到了她的面前，试探地用手碰了碰她。

和正常人类一样的手指穿过了言绯半透明的身体，久远眼中一闪而过的失措，再次证明了她已经变成幽灵的事实。

“我碰不到你，你变得……和小一他们一样了。”久远低声轻喃着，浅棕色的眸子在言绯的身上游移着，找不到焦点，“你死掉了，和我……不一样了。”

一种失落浓重地掺杂在其中。

言绯歉意地背过了身，让身体离开久远的手指：“抱歉，我看我还是离开吧……”

“不要！”

久远一个箭步冲到了言绯的面前，明知道自己的身体是挡不住幽灵的身躯，但他还是伸开了双臂，做出阻止她前行的样子。

“你先不要走……你会来这里，一定是有事要跟我说，对不对，言绯？”久远扯了扯嘴角，努力地让自己露出一个比较轻松的笑容，“如果可以，能告诉我发生了什么事吗？不管怎么说，我们都是朋……朋友。”

久远在说到“朋友”的时候，停顿了一下，之后的两个字明显底气有点不足了。

但是，他的眼睛仍旧坚定地凝视着言绯。

“我……”言绯迟疑了一会儿，还是向久远坦白了之前所发生的事，“我被你拿走了行李，没有钱留宿，只好跟着事务所的老板工作。然后我们到了另一个到处都是冰的地方，我很倒霉地被一个自称是水寒灵雾淼的怪物攻击。就是她把我的灵魂从身体抽了出来，让我变成幽灵。雾淼让我去找一个叫地嗜灵洛德的家伙，她说如果我三天内不能带他去见她，我就会真的死掉。”

想到雾淼那个高傲的模样，言绯就气不打一处来，声音也不由变得咬牙切齿起来。

倒是久远，他听得很认真。

他一边听着，一边时不时地点头，似在思考言绯的话。

待言绯说完，他才接话：“也就是说，你现在还没有真的死掉。如果三天后你找不到人，才会永远地变成幽灵？”

“嗯……现在已经是第二天晚上了，我还是一点线索都没有。雾淼偏说我见过洛德，可是我对他一点印象都没有。就算见过，也顶多只是路人这样的角色嘛！唉……”

言绯喋喋地抱怨着，这次久远沉默了好一阵，才用不确定的口吻幽幽地说道：“我……似乎知道……洛德。”

“哎？不是吧？”久远的话就像一颗重磅炸弹在言绯的脑袋里炸开，她惊讶得张大了嘴巴。

难道，上帝不是真的想要灭掉她？所以在她毫无头绪的时候，忽然找到了线索？

言绯想与久远对视，确定刚才她所听到的不是她的错觉，只是久远却别扭地侧过了头。

“我也不是很确定，只是……我感觉我在哪里见过洛德这个名字。在幽灵树海里……我有这个名字的印象。”

“你的意思是，在树海里，我有可能找到洛德的线索？”

“我也不是很清楚，我……对！你留在树海里，我们好好找找，或许就真的能找到关于洛德的线索了！”一扫先前的犹豫，久远的口吻忽然变得肯定了，他咧着嘴抬头给了言绯一个熟悉的灿烂笑容，“虽然我记不清是在哪里见过这个名字，不过只要我们能把树海的每个角落都摸个遍，就一定能找到。”

“摸个遍？是……让大家一起找吗？小一，他们？”

“不，不是的！这件事不能麻烦大家，他们……他们都有自己的事要做的。”

自己的事？

对于一个幽灵来说，他们的时间是永恒不变的。他们能有什么事需要急着去做？

言绯不解地想着，然后她将嘴边的问话咽了下去。

也许，她对幽灵的认知，和现实不太一样吧。

2.

幽灵树海其实一点都不大，在晚上没有雾气的时候，花上两三个小时就可以把树林兜个遍。

但是，久远找得很慢，他花了整整一个晚上的时间带着言绯在林子里乱走，等待雾气渐渐弥漫而起，他也没有想起来自己究竟是在哪儿看到过“洛德”这个名字。

而第三天，却来到了。

看着时间一点一点地溜走，言绯心头的焦急也在一点点地变得浓重。

“久远，你到底知不知道谁是洛德？如果你不知道的话，就不要骗我了！我真的会死掉的。”

“我想我应该是在哪里见到过……可是，我真的记不清了。言绯，你相信，我……”浓重的雾气掩盖了久远的身影，言绯只能从他的口吻中听到些许的彷徨。

而这语气让言绯更加气不打一处来，她心想：“笨蛋，我怎么可以相信久远呢！”

他可是一开始死拉着她，把活人说成死人的神经病。

最重要的是，他还有一张超霉的乌鸦嘴！

导致言绯真的出了事，死掉了。

“今天是第三天了！我没有时间再陪你在幽灵树海里浪费了，

天一黑我就要出去。久远你别再拦我了。”

“可是言绯……”

“我告诉你久远，我就算找不到洛德，死掉了，我也不会留在这里。我要找到秋蓝儿，她是我最重要的朋友，而不是你！”

怒火莫名地往脑袋直冲，言绯气呼呼地把话说完，待话音落下，四周陷入寂静，她才意识到自己说了一句挺过分的话。

言绯张着嘴想再跟久远解释几句，可是想到自己陪着他浪费了一个晚上的时间，她还是死鸭子嘴硬地闭上了嘴巴，哼哼地双手交叉在胸前，背过了身。

这次久远没有再说什么，言绯听到了很轻的一声叹息，然后身后的草丛“簌簌”地响了起来，言绯听得出，那是他离开的声音。

生气了?

终于放弃不再缠她了?

啊……糟糕，这件事似乎也不能完全怪久远。

事实上，她本来就没有任何头绪，就算久远不说他知道洛德，她的下场，估计也只是在城市里乱晃……

想到这，罪恶感悄无声息地爬上了言绯的心头，她迟疑了好一会儿，还是决定转过身去看看久远。

只是，就在言绯回头的那一瞬间，一张苍白的半透明的脸顿时放大数倍地伸在了言绯的面前！

“啊……唔！”

“嘘，你别怕啦，我是小一，你不认识我了？”面前的幽灵女孩皱着眉头捂住了言绯的嘴巴，“你也真是的，回来了怎么都不告诉我们一声，如果不是刚刚久远让我过来陪陪你，我们都不知道呢。好了好了，你不要叫了，我放手了哦。”

言绯点点头，终于，那只放在她嘴上的手移开了。然后言绯看到了一个对着她微笑的小女孩。

她穿着一件很漂亮的小洋装，红彤彤的，越发衬托出她皮肤的白皙。如同洋娃娃一般的金色长波浪一直长到脚底，让人忍不住担心，她走路的时候会不会因为踩到自己的头发而跌倒。

但事实上，她是漂浮在半空中的，这正好掩盖了她个子的娇小。

这就是小一?

第一个来到幽灵树海的女孩?

可是……她看上去，也就和叶澜笙的弟弟叶澜莘一般大啊……

她……那么小，就死掉了?

言绯吃惊的模样让小一很是不满，她鼓起脸颊，身子在言绯面前晃了晃：“呐呐，言绯，你有在听我说话吗？”

“啊……不好意思，我……那个，小一，你刚刚说什么？”

“我说，你和久远到底怎么了嘛！刚才，他看上去似乎很沮丧，你们是闹了别扭吗？”

被圆溜溜的大眼睛盯着，言绯总觉得浑身有些不太自在：“嗯，是我说了有些过分的话啦！不过那也是久远先骗我的。”

“骗你? 不可能……久远他是不会说谎的。”

“可是他明明……”

小一摇摇头，打断了言绯的话：“也许，你们之间有什么误会吧。久远很重视言绯，他不可能对重视的人说谎。”

“他……重视我？”

一个拉着她非说她已经死掉的家伙。

一个把她骗进来，说帮她找洛德的线索，但实际上他自己都困惑不已的家伙。

他怎么可能重视她？开玩笑！

言绯在心里一口否决了小一的话。

而言绯的毫不置信，小一都看在眼里。

她飘到言绯的身旁，拍了拍她的肩膀，柔声说道：“我们都被困在这个林子里，都意识到自己已经死掉了，可是，死掉了，我们却又有不一样的地方。就像久远对于我们而言，是个特殊的例外，因为我们触碰不到他，我们是半透明的幽灵体，可是……他却是实体的。”

“原来……你们也注意到这点了？”

“那是当然，这么大的不同，怎么可能注意不到。”小一白了言绯一眼，接着说道，“虽然我们和久远都处得很好，但是我们也知道，他一直都想遇到一个自己可以触碰得到的、和他相似的人。所以，当你出现的时候，他才会那么开心，把我们都叫来看你。”

“怪不得……我那天醒来的时候附近特别的阴森。”言绯忍不住打了个冷战，下意识地搓了搓双臂。

“不过话说回来，为什么这次你看上去怪怪的？你似乎跟久远有点不太像了，反倒和我们比较……”小一说了那么长时间的话，终于发现了言绯的异样。

“因为我变成幽灵了。”

“不是吧？你原来不是……啊，到底怎么回事嘛？”小一有些弄不明白了，她的眉头皱得紧紧的，做出了一副苦思的模样。

“我也说不清，总之是很复杂很复杂的事情啦。”言绯不想再多解释，她环视了一下四周，然后低头将嘴凑到了小一的耳边，“哎，小一，既然你说久远不会骗我，那你帮我问他一个问题，好不好？”

借着白天的雾气，言绯躲在一处草丛比较高的地方，偷偷地盯着不远处的小一和久远。这段距离使他们不易察觉到言绯，同样，言绯也看不清他们的容貌。

她只能屏息着，侧耳倾听他们的对话。

一开始都是久远向小一询问言绯的事，内容无非是“她是不是还很生气，是不是还想着要离开”。

这家伙……到现在都想把她留在这破林子里！

言绯在一旁听着就忍不住翻白眼。

倒是小一，看上去小小的，却很会套话，她和久远聊了几句后，就把话题绕到了言绯想要听的内容上。

“对了久远，我刚刚听言绯说到什么……洛德的名字，那是什么？他也是我们林子里的人吗？为什么我没有一点印象？”

“是她让你来问我的吗？”久远警惕的问话让言绯不禁心跳漏了一拍，慌乱得顿时不知所措。

“不、不是啦，我只是好奇，想问问你。”小一的声音也变得有些慌张了，但她还是尽量地用轻松的口吻否决了久远的话，“那个，久远，你真的知道洛德吗？”

“嗯……说实话，我也不知道。”

“什么？你不知道洛德？那么说……你真的骗了言绯？”一直坚信久远没有说谎的小一顿时提高了音调，“久远，为什么？你怎么会……”

“我以为我知道洛德，可是……我不知道。”

“什么叫你以为，知道就是知道，不知道就是不知道，怎么会有以为这个说法？”

不仅是小一，一旁偷听的言绯都糊涂了。

她感觉自己完全跟不上久远的思路，或许从一开始就是这样。

他们似乎在用不同的脑袋，不同的逻辑，思考着同一个问题。

“哗啦啦——”

风蓦地从远处飘来，掠过枝桠和树丛，在树林中发出瑟瑟的声响。

散开的草堆，显出了言绯的身影，同时，落下一个模糊的影子，堵在了言绯的前方。

茫然地抬起头，言绯看到了不知道何时站在她面前的久远。

他的身后，小一尴尬地伸着手，似乎想要拦住他，但是没有成功。

的确……久远触碰不到幽灵，所以他们，也抓不住他。

“如果我现在告诉你，我找不到洛德，你就会马上离开吗，言绯？”久远蹲下身，让自己的视线与言绯持平。

言绯不知道该怎么回答，尤其是与这双淡棕色眸子相对视的时候。

浅浅的瞳色，没有那么深不可测，仿佛一眼就可以看穿他眼中的世界。

“你是我唯一遇到的和我相似的人，就算现在你变得和我不一样了，可是……我还是希望你可以留下来。”久远慢慢地说着，他垂下了眼帘，“我也不知道我是怎么了，也许说来你也不信，自从见到你第一面，我就觉得……一定要留下你，就算你离开了，也想等你回来，然后再次留住你。可是……不行吗？”

呃……这是什么状况？

为什么久远的话，听上去有些怪怪的？

没有笑容的他看上去认真得出奇。

言绯这下真的无措了，她感觉有一股热血噌噌地往脑袋上冒，吓得她慌张地站了起来。

她赶紧往后退了几步，待眼前的雾气彻底遮蔽了久远的容貌，她才开口解释。

“久远，也许你是搞错了……我之前和你一样，因为我没有死，所以……如果你可以离开幽灵树海，你就会发现，外面有一大片的人类，都跟你一样。所以，我不是特别的……我只是路过这里的行人罢了。”

“出去？”

“没错，虽然我不知道你之前遇到了什么，只是，可能在你死的时候出了某些偏差，所以你并没有真的死去变成幽灵，你或许还活着，没错……你还活着，只是需要某个契机就能离开幽灵树海，然后，然后……”

言绯着急地乱扯，只是她越说越觉得这样的逻辑她的大脑思考不出来。

“我看我还是离开吧！抱歉，久远，我是不可能跟你永远都待在这儿的，我和我的朋友有过约定，我必须要找她。”

不知是不是雾气的作祟，久远眼中盈着的光莫名地散去了，浅棕色的眸子渐渐地混沌起来，仿佛在昏暗的光线下变得深邃。

周围的气息变得诡异起来，恍然之间，言绯看到周围的草堆都在隐隐地颤动，可是周围没有风，能感觉得到的，只有一种不知该如何形容的杀意，在空气中弥漫而开。

“如果你的朋友在这里呢？”

久远冷不丁的问话让言绯一瞬间有些反应不过来了。

她张着嘴巴愣了好几秒，才猛地反应过来：“久远，我警告你，你不要瞎说！我要走了，不管你说什么我都不会再听了！”

言绯愤怒地吼着，她转过身想要离开，可是……脚腕却被抓住了。

她的脚腕，在半空中被看不见的东西缠住了！

“不要走……”

“久远，你干什么！”

“我好不容易……才等到你。”身后的声音变得沙哑起来，像在撕扯着喉咙发出很痛苦的低吟。

“我不知道你在说什么！放开，久远，我不知道你用了什么方法抓住我，但是我命令你现在快点放开我！放开！”

“不要走……洛德，我知道他……他就在……就在祭……”

“嘭——”

身后的声音渐渐地变得微弱，随着久远的倒下，缠住言绯脚腕的力量也散去了。

言绯不知道对于一个死去的人存不存在昏睡这一说法，但是，这次久远是真的……昏过去了。

他的手，死死地按着一边的太阳穴，原本应该充满灿烂笑容的脸，在昏睡后却露出那么痛苦的表情。

“啊……怎么回事怎么回事，难道久远又死了一次吗？”小一慌乱地飘到了久远的身旁，完全不知道该怎么办了。

言绯呆呆地看着久远，她不知道她是该上前，还是离去。

他……怎么了?

刚才……是怎么回事?

究竟发生了什么?

为什么言绯越来越看不懂了……

听到了小一的喊声，林子里的幽灵们都赶紧聚集了过来，大家都围在久远的身旁着急地喊着他的名字，希望可以将他喊醒。

在这样的环境下，言绯看上去特别的格格不入。

言绯在原地站了好一会儿，直到幽灵树海中的雾气散去了，夜晚来临了，她才沉默地一个人静静走到林子的出口。

就在言绯一脚迈出林子时，一股淡淡的焦味从不远处飘了过来。言绯吸了吸气，困惑地转过了头。

而这一回眸，言绯顿时傻眼了。

在她身后两三米的地方，蹿起了一团很大的火。

火焰无风自舞，妖娆的火舌攀上林子入口处的大树们，茂盛的枝叶成了它最好的助燃物。飘散在空气中的火星如同穿上红衣，翩翩飞舞的萤火虫点亮了这个昏暗的夜，带着刺鼻的气味和浓重的烟。

树海着火了?

怎么回事……是谁干的?

没有火种的幽灵树海，怎么会着火?

最奇怪的是，现在林子里明明没有风，火星却像受到了什么牵引，向着林子的深处飞舞而去!

言绯困惑地看着这不知从何而起的火焰，就在她失神之间，出口处一股异样的吸力猛地缠上了言绯，死死地缠住她，将她拼命地往外拉扯!

“二大了，我的食物。”

那种寒冷得几乎可以冻结一切的声音响在了言绯的耳边，言绯感到冷气爬上她的四肢，漫上她的意识，吞噬她挣扎的全部企图。

时间到了?

她要死了?

不行……不可以……

“放开我……雾淼……”

嗓子被什么堵住了，她说不出话。也不知道该向谁求救。

“呵呵……”

一抹阴冷的笑意在这死寂的林子里漫开，那么的陌生，又那么的熟悉。

是谁?是谁在笑?

言绯在心里不停地询问着，而回应她的笑声越发张狂。

火舌舞蹈映亮了她整个眸子，言绯的眼前飘过了一抹猩红的身影，随后，言绯看到了一双红彤彤的眸子。

宛如火在他的眼中烧着。

带着狰狞与杀戮。

3.

言绯面前不知何时出现了一个人类的身影。

他穿着又黑又大的斗篷，连帽盖着头，只露出了如火一般通红的长发，火舌蹿到他的身上，却无法灼伤他的肌肤与发丝。帽子下，那苍白的脸庞被火光映得笼上了一层诡异的阴影，唯有嘴角那抹轻蔑的冷笑，被勾勒出了清晰的弧度。

在言绯的记忆里，会这样笑的，只有雾淼。

只是，雾淼的冷笑带着女性特有的高傲，就像藤蔓尖刺上傲然盛开的野玫瑰，而他，他的笑，更像是挥舞着镰刀的死神，蔑视着眼下的生灵，傲慢得犹如熊熊烈火，仿佛可以吞噬一切。

他微微抬起头，蹿到他脸上的火苗映亮了他的眸子，那瞳孔猩红得宛如要滴血！

无形的压迫感带着浓烟袭来，言绯双手握拳紧紧地抵在胸口，她能感觉得到从胸膛中传来的乱掉的节奏。

“你……你是谁？”

“既然你见过雾淼了，又怎么会不知道我是谁呢？”男人的反问带有磁性，为他猩红的外貌增加了几分浓重的邪气，“水寒灵，雾淼。地嗜灵，洛德……你说，我是谁？”

“你是……火？”

“没错，我是火炎灵，炎魍，是掌控自然界一切火源的元素灵。”

什么炎魖、元素灵，言绯听不懂他在说什么。

但是听他的口吻，也能猜得出，他一定也是什么很麻烦的角色。

攻击力，绝对不会低于雾淼……

只是……

“你来这里做什么？”

“呵呵，当然是来和老朋友叙旧。”

“可是我不认识你！”

“我有说，我要见的人是你吗？”炎魖低声冷笑，他缓步走近言绯。

看着他逼近，言绯条件反射地就要往后躲，只是她才向后迈了一步，那牵扯着的力量就顿时增加了数倍，言绯一个踉跄，被拖出了好几米远的距离，她才总算撑直了身体，站住了脚！

身后的力量，不知道要把她拽到哪里去。

而前面的人，在他的眼中，全是杀意。

前不行，后不行，她究竟有多倒霉，才落到这样一个左右两难的地步啊！

“奇怪了……你身上有洛德的气息，可是，他为什么不出来救你呢？”

炎魖也像雾淼一样。

他们都是有着强烈破坏意识的怪物，他们总用兴奋的目光看着言绯那因疼痛而扭曲的表情。

言绯很想大骂他变态，可是咬紧着牙关，她一个字都喊不出来。

洛德，洛德……全部都是洛德！

她根本不知道洛德在哪里，也没有任何关于这个人的记忆！

为什么全部的人都认为她知道他！

“既然他不想管你，那我就不客气了。抹杀灵魂，是我最喜欢做的事情了。干脆就把你，还有这个林子里的幽灵都杀光……我就不信他不出来。”

炎魑的声音越发空灵，映衬着飘散在空中的火星，人没接近，但杀意在聚集！

抹杀灵魂?

大家死了，就只剩下灵魂，现在如果再被炎魑干掉，那大家……

啊……

那不就是魂飞魄散吗？！

“浑蛋，她是我的猎物，谁准许你出手的！”

轰天的嘶吼声从林子的上空涌来，巨大的气流扇动起茂盛的枝叶，枝桠剧烈摇晃起来。

哗啦啦——

树叶洋洋洒洒地在言绯的周围飘落。

漂浮着的火星，在触碰到树叶的瞬间，“呲”地一声便迸发出了更强烈的火焰，言绯身旁原本还不大的火势，在风与树叶的助燃下，愈演愈烈！

正常的人，如果处在这么一个环境下，一定会热得几乎要昏厥过去。

言绯不知道她是不是该庆幸自己此时是灵魂体质，所以不会因为这骤升的温度而痛苦难耐。

“呵呵……雾淼，你还是一样的愚蠢。一年多前的亏，你还没有吃够吗？那时候你的契约者可是元素界公认的天才，可是我仍旧能不费吹灰之力杀掉他。更何况你现在临时找到的对象？”

炎魉幽幽地说着，他抬头，带着嘲讽的笑意望向天空中那一抹暗监色的巨型怪物。

它有着半透明的身躯，清冷而皎洁的月光几乎可以从它表面透过，在大地上映落淡淡的倒影。

一双大翅膀每扇动一下，就会在它的四周带来强烈的风旋，摧残着翅膀附近的枝条树叶，让那些飘散空中的火星根本无法靠近它。

空气被热度炙烤，大地一刹那宛如陷入了烈火地狱。

“炎魉——”炎魉的话引来了上空的怪物发出咬牙切齿的咆哮。

炎魉唤那个怪物为雾淼，但是，雾淼的声音是尖细而妩媚的女声。

而那个怪物的声音，却像锐器用力地刮着金属表面所发出的刺耳之音，可以穿透一切，直至灵魂。

难道说……这才是雾淼的原形？

还是作为无形的水，她原本就可以随意变换形态？

没有人回答言绯的疑问，或者说，从她来到这个城市后，所有的人，都只是在给她制造疑惑。

“的确，如果你可以拉拢了洛德，在力量上，你们可以与我敌对，但是凭现在的你和你的智慧，还差得太远。”怪物愤怒的咆哮让炎魉嘴角轻蔑的笑容更加浓重，“我们都如此高调地来到这儿了，作为大地的主宰者，洛德他不可能不知道……但是现在他还不现身，分明就是不想与你这愚蠢的家伙结盟，不是吗？”

“炎魆，你……你不要太目中无人！”怪物嘶吼着，它朝炎魆所在的方向飞速冲了过去！

庞大的身躯穿过茂密的树丛，发出断裂倒塌的轰鸣声，越来越多的叶子纷纷落下，挡住了言绯的视线。

就在言绯不知所措之间，身后拉扯的力量猛地加倍，来不及做出反应的言绯被拉到了十几米后，而怪物则稳稳地停在了她的前方！

在怪物的背上，言绯看到了叶澜笙。

银白的发丝如水般倾泻，凸显出他高挑而修长的身材，蓝宝石般的眸子透着慵懒的气息，点亮他那原本就漂亮精致的脸蛋。

他有着与雾淼相似的气息，寒冷……而没有生机，这让他看上去就如同一尊精心雕刻的雕塑，而不是一个活生生的人。

而他的一旁，瘫软地躺着的……则是她的身体！

叶澜笙侧头往言绯这边看了一眼，然后他抬手，毫不怜惜地就把言绯的身体推下了怪物的背！

没有意识的身体就像断了声线的木偶，坠落在泥地上，脏兮兮的无人搭理！

“你，你怎么可以乱丢我的身体！叶澜笙！”

从看到叶澜笙的第一眼，言绯就知道他不是一个好接触的人，但是不好接触，也没有像现在这么欠揍！

之前在事务所里还挺绅士的模样都到哪里去了！

言绯在心里咒骂着叶澜笙，她心疼地飘到了自己身体的旁边。

她想要去触碰自己的脸，擦掉那狼狈的灰尘，只是她刚伸出手，一股强大的吸力就将她往前拽去，黑暗一刹那吞噬了她！

唔……

怎么回事，为什么她忽然会觉得四肢又酸又痛，身体就像被巨轮碾轧过了似的。

身边的气流热得让她感觉如同身在烤箱，而自己随时都会被烤熟！

吃力地撑开沉重的眼皮，言绯发现，自己正躺在地上……

她……她回到自己身体里了？

不是灵魂？

言绯不解地望向站在前方的叶澜笙，可是对方一接触到她的目光就沉默地移开了！

在言绯的前方，雾淼早已向炎魎发动了攻击。在树林的上空，言绯看到无数的冰锥在一点点形成，然后刷刷地向下重重飞去！

耳边爆破声响彻不停，只是，言绯不知道目前占优势的是谁。再下面一点的画面，被雾淼那巨大的身躯给挡住了，而这也成为了她避开他们最好的屏障。

现在她该怎么办？磨断绳子，然后逃跑？

还是……

火烧着树叶，蒸发着树林中的每一份湿气，空气中发出“啪呲啪呲”的声响，时时震动着言绯的思绪。

虽然言绯并不怎么喜欢久远和林子里的那些幽灵，但是……

面对认识的人，丢下他们一个人偷跑掉，这种事，言绯也是做不出来的！

她现在得趁雾淼他们都没有注意到她，得赶紧把绳子磨断，然后偷偷溜到林子里，告诉大家快点逃！

没错，就是这样！

言绯默默地做这打算，然后她忍着肌肉间传来的酸痛，像蚯蚓一样小心翼翼地扭到了一处碎石比较多的地方。

被反绑着的手来回摩擦着地面，言绯磨了好一会儿，才磨断了麻绳。但是肘弯的皮肤也被碎石刮破了，弯曲的指尖粘上了湿润滚烫的液体，凝结在手指表面的纹路上。

忍着手腕上的疼痛，言绯赶紧解开了缠在脚上的绳子。她抬头谨慎地打量了一番前方的形势。

确定他们都没有注意到她这边，她才深吸了一口气，用缓慢的速度往一旁又挪了几步，才用足全力站了起来，绕着远路跑进了树林中！

“言绯，你竟然敢逃跑！叶澜笙，你还不快点去看住她！”听到了言绯逃跑的声音，雾淼更是气急败坏地大吼。

彻耳的响声传来，言绯想要屏蔽都不能，害怕被叶澜笙抓住，言绯故意在林子里一边跑一边捡着石头往旁边乱扔，想要混乱林子里的声音，以掩盖她的脚步声。

大概是人倒霉太久了，所以这次上帝终于让言绯走运了一次。

她很顺利地跑出了树林，进入了草地里！

只是进去之后，言绯才发现，她之前情绪乱乱的，根本没有注意久远是在什么地方昏睡过去的！

“久远，你们知道久远在哪里吗？拜托，有谁可以告诉我？”

回到了自己的身体里，言绯又看不到幽灵了。

满天都是萤火虫在翩翩飞舞，美丽而陌生。

言绯一边着急地对着四周喊，一边不忘在身边来回扫视，就怕叶澜笙突然蹿出来，抓她个措手不及。

“怎么了？”一个弱弱的女声传到了言绯的耳边，循着声源，言绯赶紧激动地往那边望去。

她的身旁停下了一只萤火虫，似是在听言绯说话。

“在树海的外面，有两个很可怕的怪物，他们要进树海，一个已经在放火烧林子了！你们快点告诉我久远在哪里，还有你们也快点躲起来！有个怪物，他说他可以杀掉灵魂！”

言绯着急地想要把话用最简洁的方式表达出来，只是因为太慌乱了，反而说得有些乱七八糟的。

回应她的幽灵沉默了好几秒，才慢吞吞地说道：“久远他在前面不远处，你往前跑，在矮树丛和草地交界处再往左边跑就可以看到他了。”

“真的吗？谢谢你……你也快点告诉林子里其他的幽灵们，躲起来吧！现在的状况真的很危急，拜托你，相信我。”

CHAPTER 04

地 灵 祭 坛

1.

有了明确的方向，言绯很快就找到了久远。

他正躺在草丛间，像是睡着了，可是他的鼻尖却没有气息，四肢也冰冷得没有温度。

言绯再没常识，她也知道死去的人是不会睡觉也不会昏睡的，只是……现在的这个状况，却是用常识完全无法解释的。

真是的，平时一直都活蹦乱跳的，怎么一碰到重要的时候，他却变成了这副死样！

不要随便学人类昏睡嘛！

言绯在心里抱怨担忧着，一旁的小一见到言绯回来后更是兴奋得大叫，吓得言绯想要捂住她的嘴巴都没有办法。

“啊啊……言绯你终于回来了！唔，你突然不见了让我们着急死了！怎么办怎么办，久远忽然一动不动，这样好吓人啊！我们又碰不到他，你……哎？你看上去似乎和刚才有点不一样？你……”

“啊嘘！你、你先别说话，小心被其他人听到！”言绯看不到小一，她只能将手指抵在自己的嘴边，紧张兮兮地做着安静的手势，“现在情况很紧急。”

“情况紧急？其他人？你是说跟你一起来的人吗？”

哈？跟她一起来的人？

叶澜笙?

不可能……她一路上都在很仔细地观察，根本就没有其他人跟在她身旁，除非是她看不见的幽灵。

言绯不解地转过了头，在她的身后，除了茂盛的草丛之外空无一物。她刚想松一口气，前方平静的草丛中忽然传来了“簌簌”的响声，似是有谁踩着草丛往她这边靠近，可是……

摇摆的草堆之间，什么都没有……

幽灵是不可能触碰到实物的，除了拥有实体的人类。

可是……既然是人类，她又怎么会看不见呢?

“是谁? 是谁在那里? ”

“你说呢? ”回应言绯的是平静得几乎没有波动的语调。

随着他的话音落下，透明的空气之中亮起了一抹白光，渐渐地，有一个身影从黑夜中显现了出来。

银白的长发，蓝宝石般的眸子，在光的烘托下，冷意浓重逼人……

面对言绯的惊讶，叶澜笙半眯起了眼睛，他的目光轻描淡写地从言绯的身上移开，挪到了躺在草堆中的久远……

光线蓦地暗了下来，借着清冷的月光，言绯第一次在叶澜笙的脸上看到了诧异!

但诧异只是短暂地在他脸上掠过，就消失得一干二净。

“哼……想不到这么多年来，这具身体还没有腐烂……真是讽刺。”叶澜笙不屑地轻哼了一声，他说得很轻语速也很快，就像是自言自语一般。

只是，再轻的声音，在这个寂静的林子里，都会变得清晰无比。

言绯听得很清楚，只是，她听不懂。

讽刺什么?

因为久远拥有实体？死掉了身体却没有腐烂?

可是……这么多年?

说得就好像叶澜笙认识久远，或者说，知道他的这具身体?

言绯的想法越来越乱，她张口，困惑的话还未说出口，一道厌恶的目光就直直地朝她这边射来。

那冰蓝的眼睛，锐利得就如同一把剑，不给言绯逃脱的空隙，直直地刺痛了她的神经。

“真是麻烦呢，为什么你不和他一样，早点死掉呢？”叶澜笙微抬起头，居高临下地蔑视着言绯和她身旁的久远，“早知道你那么命大，我也就不用浪费那么多时间了。”

“命大？叶澜笙……我不明白你在说什么。我，那个……雾淼说，你把我当做祭品献给了她，是真的吗？”

“哼，那是当然，否则我怎能和水寒灵在一起？”叶澜笙丝毫不回避言绯的问话，反倒很直接地道出了之前她一直不愿去相信的话，“那座房子，其实是雾淼向元素师下的挑战书，只要有人能带来她满意的祭品，就能与她达成契约。你在房子里一定看到了被冻起来的人吧？哼……全是一些不自量力的家伙。

“既然提出祭品，就一定需要祭祀石作为辅助。可是众所周知，祭祀石早在很早以前就全部被人丢进了幽灵树海……而那里一直都是有去无回。”

叶澜笙一字一句地说着，他的每个字都砰砰地敲击着言绯的神经，让她震惊的同时，又有些消化不过来。

撇开她听不懂的词汇……幽灵树海……

原来他知道……

他知道这里住着的都是幽灵，而不是外人眼中所谓的萤火虫！

那么……

“祭祀石，难道就是你让我去拿的那种石头？”

“呵呵……开始反应过来了吗？没错。关于雾淼的事，一开始我并不想蹚这个浑水，毕竟祭祀石不是好拿的东西。但是……某天我收到了你的信。”

“从那时候，你就打算让我帮你去拿祭祀石？”

怪不得……一开始叶澜笙让言绯去那找石头的时候，他的弟弟叶澜莘有想阻止过他……

原来……

原来她从一开始就被他算计了，她还白痴地跑回去继续被他利用！

“不……我对这从不抱期望。只是你知道得太多了，让我想不露声色地杀掉你……只是，事实证明，你的命太好了，竟然从幽灵树海里出来了，还带着祭祀石……呵呵，果然，老天都要帮我吧。”

“知道得太多？可是我来之前根本就什么都不知道……如果我知道的话，我也不会答应来幽灵树海……”

就是因为什么都不知道，她才会认为所有的人中，最惹人讨厌的是久远。

因为他骗她，说她已经死掉了。

但实际上，说谎最多的，想要杀死她的，却是她之前定义为好人的家伙！

“让你死之前知道这些，我也算仁至义尽了。”

没有再继续多解释什么，随着叶澜笙的话音落下，他的手中顿时亮起了一抹光，在光的包围下，那本厚厚的书出现在了半空中，然后稳稳地落在叶澜笙的手中。

空灵的声音响彻了整个空间，带着奇怪图纹的圈形图标如同锋利的刀刃，“咻咻”地刮开地面厚厚的野草，在叶澜笙的脚下露出一大片平地。

那快速翻动的书页中有无数镶着金边的黑色字符飞驰而出，锁链一般就朝言绯这边射过来！不给她躲闪的时间，她的脖子就被紧紧缠住了！

被勒紧的窒息感压抑着言绯，让她几乎发不出声。

“唔……叶澜笙，你做了……什么！”言绯努力地让自己挺直腰板，她艰难地移到了久远的面前，挡住了他，生怕叶澜笙会继续攻击已经失去意识的久远。

来自大脑的疼痛大约持续了半分钟，缠在言绯头上的字符才卷着一个白色的光球离开了言绯。

头皮疼得发麻，言绯再也没有说话的力气。她只能追着那个光球，看着它一直飞到叶澜笙的手中，然后一点点地化开，变成一个很大的镜面。

这是什么?

“这是你记忆的复制球。”

记忆?

“与其让你去找，还不如让我查看你的记忆，这样我一样可以找到洛德。”

叶澜笙凝视着由光球变成的镜面，低声轻吟了一串言绯听不懂的咒语，随着他的话音落下，镜面上竟真的出现了画面!

扭曲的色彩如同荡开的涟漪，一圈一圈地缠绕在一起，让人分不清那是什么，过了好一会儿，画面终于开始变得清晰。

在里面，言绯看到了幽灵树海的景象。

清冷的月光勾勒出茂盛的树木的轮廓，还有随风摇曳的草丛和时而飘忽而过的幽灵。镜面中的图画，言绯是那么的熟悉，熟悉到让她不止一次想要从中逃离出去。

洛德……

如果洛德真在她的记忆里，并且让叶澜笙找到，那么……她的下场是什么?

她知道，叶澜笙一定不会放过她。

而雾淼和炎魈……就更是如此了。

言绯紧皱着眉头，她连忙低声喃道:“小一……小一，你还在这里吗?”

“呜……在。我就躲在你背后……呜，言绯，他看上去好吓人，小一都不敢说话了。”小一的话语中带着哭音，小小的嗓音轻得仿佛风一吹就会把它吹散。

“小一，现在，你快点带着林子里其他的幽灵躲起来。久远交给我……”

不敢做多余的动作，言绯轻声交代后，她慢慢地蹲下身，小心翼翼地扶起久远。

林子的出口被雾淼他们堵住了，要出去根本没有可能……

林子里根本就没有地方可以让他们躲……要逃过叶澜笙，唯一的办法只有找到洛德……

可是洛德，他在哪里？

苦恼地回想着，言绯很快就想到了久远失去意识前说的最后一句话，那时候他似乎说到了“祭”字，但是她因为有些慌乱，所以并没有过多地留意这句未说完的话。

那时，久远想要说的是什么？

祭……难道是指祭祀之类的词？那么……祭祀石？

对了，她怎么忘记那里了！

她第一次遇到久远时，有掉进一个类似沼泽的地方，在它的上面，有很多红色的石头……

如果洛德真的就在沼泽里，那么……雾淼说她身上有洛德的气息，见过他，也不是完全没有道理了！

反正横竖都是这样，还不如去拼一次，说不定就真的让她找到洛德了！

言绯努力地控制着表情，不让欣喜的神态流露出来。幸好叶澜笙的目光正紧盯着那个镜面，没有注意到她这边的情况。

死死地抓住久远冰凉的胳膊，言绯酝酿了好一阵，才掉头奔往心中的目的地。

只是，言绯实在是有些高估了她的体力。要带着一个比自己重比自己高的家伙奔出那么长的一段距离，还要不被抓住，这根本不是一般人所能做到的！

言绯才跑出没有几步，就踉跄得险些要摔倒。

也许从一开始叶澜笙就意识到，他们是不可能跑多远的，所以发现言绯行动后，叶澜笙并没有马上来追，而是念了一些言绯听不懂的咒语！

随后，在黑夜的上空，就有无数的光球慢慢凝结起来，带着炸弹般的威力朝言绯这边飞速砸来！

轰——

轰轰——

“啊啊……久远你这家伙，快点给我醒过来啦！”

言绯抓狂地喊着，但是在刺耳的轰炸声中，失去意识的某人注定听不到她的抱怨。

在身后炸开的光球让言绯迷失了方向，她像只无头苍蝇一般乱蹿着，她感觉自己跑得快断气了，眼看着体力越来越不支，言绯终于看到了亮在不远处的一抹腥红。

一如她第一次所见的那般，有无数的萤火虫飞在低矮的半空中，或者说，有无数的灵魂围绕在那里，它们就像无形的屏障，紧追而来的光球一靠近被灵魂围绕起的红光区就会立马被弹开！

手腕已经痛得麻木了，言绯努力地撑着最后一丝体力三步并两步地走进了泥泞的草圈中。

因为这次身上还负着个久远，体重增加，下坠的速度也因此加倍。伴随着“噗噗”的声响，黏腻的湿土很快就漫到了言绯的腰处。

陷入湿土下的身体，冰冷得没有知觉，像是落入了另一个空间，又像是完全被密不透风的土层给包围着。

“愚蠢的家伙……你知道这里是什么地方吗？”

感应到魔法攻击失效，叶澜笙停止了读取言绯的记忆。

他走到了泥潭的旁边，看着言绯一点点地下沉，嘴角上的笑容越发阴冷、狰狞。

“知道林子里的幽灵为什么出不去吗？因为……它们都是在这里死去的。”叶澜笙说得很慢，似是给言绯时间慢慢消化他的话。

寂静的环境烘托出他低沉而富有磁性的声音，空灵中又带着几分吓人。

“这里，在很早以前被称为……幽灵墓地。呵呵……既然你选择了这样的死法，那么……我再帮你一把。”

说罢，叶澜笙将手中的书往上空一抛，原本只有手掌大小的书瞬间放大，它飞到了言绯的上头，穿过围绕在半空中的幽灵，向下坠落！

言绯的头顶被巨大的书本用力地往下按，她想用手去顶书，可是她的手只要一松开久远，他毫无意识的身体就会比言绯更快地向下沉去！

该死……难道她想错了吗？

洛德不在这里吗？

那么，他究竟在哪里？整个幽灵树海……还有什么地方是他可以躲藏的！

2.

被巨大的书按着，言绯下沉得很快。

因为双手已经沉到了湿土里，失去知觉的双臂无法抓住久远，言绯只能看着他一点点下沉，可是除了脑袋拼命地摇动，她做不出其余的挣扎。浑蛋……你究竟要躲到什么时候！

洛德……洛德！难道你不知道，所有的人都在找你吗！

唔……好不甘心……

为什么，她要在这里死去……

不要！

她等了那么多年，才得到准许，可以下山来找秋蓝儿……为什么，为什么还没有一丁点儿她的消息，她就要死掉……

言绯半眯着眼睛，她不敢张嘴，因为泥土已经漫到了她的嘴边。

知觉越来越麻木，视线越来越模糊，眼前的幽灵树海，满天都飞舞着漂亮的萤火虫，盈盈的光，如同坠落的星屑，它们飘散在半空中，它们藏匿于草间，随着柔软枝条的摇曳，光芒时隐时现。

光是那么凝视着，言绯的视线就不禁模糊了。

不知是被飞舞的光晃花了，还是被瞳孔中的液体给盈满了。

随着脸的下陷，眼眶的泪宛如断掉的银丝，融入了黏腻的湿土。

言绯缓缓地闭上了眼睛，视线沦陷于黑暗，耳边……彻底安静了。

果然……果然还是这样的结局吧。

从久远救她出来开始，之后发生的一切，根本就是她在做梦吧。

乱七八糟的事，让她措手不及，所有人都要害她，走了那么一大圈，仿佛冥冥之中，她注定要沉到这里……还是……

要死掉。

“不……你会再次来到这里，只是因为我在等你。因为……我一直期盼着与你相遇。”

谁？是谁在和她说话？

原本应该变得混沌的意识，在听到对方的声音后，渐渐地变得清晰了。

这是言绯听过的最好听的声音。温润的嗓音，柔和的语调，仿佛盈上了春天最温暖最芳香的阳光，无形的音符轻轻地掠过言绯麻木的身体，渐渐地，四肢有了些许的感觉……

下沉的身体仿佛被什么接住了，即使闭着眼睛，什么都看不到，言绯也能感到自己落入了一个柔软的地方，似是松软的土地上。

她的鼻尖依稀能闻到清新的泥土气息。

“我从一开始，就在这里等你，从未离开。言绯，是你不想……见我。”

“我不想见你？”紧闭的嘴张不开，言绯条件反射地用意识去回应对方的话。

“没错……”

脑海中的询问得到了回应，这让言绯放松下来的神经一下子又紧绷了起来：“你、你是谁？死……死神吗？”

“我？嗯，我啊……”对方似乎在迟疑该如何介绍自己，他想了一会儿，才用坚定的口吻回答道，“我是洛德，地嗜灵，洛德。”

洛德？

天啊……这不是她临死前产生的幻觉吧？

和她说话的人是洛德?

所有的人都在努力寻找的洛德?!

虽然言绯不知道地嗜灵是什么东西，但是以她之前的经验，挂上灵这个字的家伙，似乎都不是什么好东西，至少在脾气上，绝对的烂。

比如傲慢得不可一世，就像女王的水寒灵，雾淼，还有那个浑身都带着邪气，时刻给人恐惧感的火炎灵，炎魍。

可是，此时这个自称地嗜灵的家伙，却和那两个完全不一样。

听着他的话语，言绯感觉他的温柔简直要挤出水来!

言绯的意识中仍旧是一片黑暗，唯有那个声音，不在黑暗中迷失踪迹。

“这不是你的幻觉，你还活着，而现在，我就在你的身边。”

“我没有死?你不是骗我?久远呢?他死了吗?啊不……他似乎早就死了，啊也不是，我是说……”

“他就在你的旁边躺着。他会失去意识，只是因为我现在还不希望他醒来，并不代表他永远都不会醒，所以……你不用担心。”

什么不醒来是因为他不想让他醒?

言绯弄不懂对方的逻辑，她想要睁开眼睛去看究竟是什么人在和她说话，可是她的眼皮沉重得就像灌了铅，她怎么都抬不起来!

言绯试着想要再去动动四肢，可是很快她就发现，虽然她的身体有了知觉，但是她却仍旧动弹不了!

也许是感到了言绯的失措，对方马上解释道:“你不要慌张，你现在幽灵树海的地下，在我的保护范围里，为了不让其他人察觉到你在这儿，所以我必须要封锁你的行动。此外，你也不必特别好奇我的模样，我是一个灵体，没有固定的形态，以你目前的天赋，是不可能看到我的。”

“灵体？跟幽灵一样吗？嗯……允许我再问一次……你真的是洛德？”

“对，我是洛德。”面对言绯反复的追问，洛德都会耐心地一一回复，“虽然说我是灵体，但我又和普通的灵魂有很大的差别。我是元素灵，是由众多同种元素和意念体结合所产生的特殊灵体。我代表的是大地，所以有人称我为地嗜灵。你遇到的水寒灵和火炎灵，也是如此。我们都不拥有实体。”

“没有实体？可是雾淼和炎魎他们……”

“雾淼只是利用水塑造了她想要的形态，至于炎魎……他现在用的身体，并不是他自己的。”

用的身体却不是他自己的，怎么这个说法……玄乎得有些诡异？

苦恼地消化着洛德的话，言绯很快就发现了一点异样。

“唔……你真的一直都在这里吗？为什么你似乎什么都知道？”

对了，就是这点！

听到言绯的问话，洛德却笑了：“因为我是地嗜灵，整片大地都听从我的指挥，只要是我身边的土地所能延伸到的地方，我就能知道发生了什么。”

“那你不是什么都知道了吗？！”

“可是这个世界，总有脚下的地所到不了的地方。”

“那……那你知道秋蓝儿在哪里吗？”言绯试探地问道，只是这次，回应她的声音安静了。

她沉默地等待着，好一会儿，她才听到洛德慢慢地说道:“我知道，但是……原谅我，现在我还不能告诉你她在哪里。”

“哎？为什么？”

“因为时机还未到。在这之前，我需要你先做一件事。”

“做事？”

“没错……我需要你用最短的时间，考出元素师的执照，然后与我结成契约。”

元素师？结成契约？

洛德的话让言绯彻底跟不上他的思路了，她想要再询问细节，只是这次洛德没有给她开口的机会了。

“言绯……一切都是命中注定，即使你的记忆中并不存在一些记忆，但是并不代表它不存在。我为一个人的记忆，在此守候多年，我知道我等待的人是你，所以，我必须要成为你的力量，保护你……包括为你找到对你来说重要的人。”

什么记忆不记忆的？

她又没有失忆，没有的记忆当然就是因为它没有发生。

又何来存在这一说法？

洛德的话说得很玄乎，让言绯有些听不懂他到底要表达什么，她越是琢磨，就越感觉自己的思绪绕在里面，混乱成糨糊。

言绯想了好一会儿，也只抓住了他最后的一句话:“重要的人……只要我考取了什么元素师，你就能帮我找到秋蓝儿？”

“没错。”

“你不是骗我吧？”

“言绯，在这个世界上，只有我能指引你找到她，因为我是洛德。”

洛德的话，就像施了某种魔咒，言绯说不出怀疑的话，她只能那么静静地听着，将他所说的每个字都刻进脑海里。

“我会在幽灵树海中开启另一个出口，帮助你们逃脱雾淼和炎魉的追捕，让他们以为你们已经彻底消失。但是，言绯你一定要记住，离开树海后，不管用什么办法，一定要在最短的时间内考取元素师，然后回到这里找我。到时……我会告诉你，你寻找的人在哪里……”

3.

等等，洛德！

所谓最短的时间，是指多少天呢？

如果我考不到元素师，那我是不是就永远不能来找你，就永远不知道秋蓝儿在哪里了？

回答我，洛德！洛德！！

言绯想要喊住洛德，可是这次他却再也不回答她的话了。

寂静中，言绯沉重的身体渐渐地变得轻盈起来，黑暗的视野里，有微弱的光透过眼缝一点点地撕去言绯密不透风的意识，洗去眼中的黑色，将外界的声音传送至言绯的脑海中。

她听到了很响亮的鸟叫声，知了呼喊个不停，此时却也不显得聒噪，所有的鸣声与风轻抚摇晃着枝叶，发出的“沙沙”声响相融合，宛如有人在悠扬的旋律中歌唱。

“言绯……言绯……”

是谁?

鸟鸣之下，有人在言绯的耳边喊着她的名字，一声一声，他的口吻中带着欣喜，就像是在催促她快点醒来，来与他分享他此时的心情。

那是……久远的声音。

“唔……”

“言绯，你醒了吗？醒了吗？啊，我不是做梦吧？”

做梦?

紧皱着眉头，言绯用尽全力，慢慢地撑开了沉重的眼皮。

明媚的阳光钻进了细缝，如同潮水一般吞噬了全部的黑暗，言绯适应了好一会儿，她的视线才终于变得清晰，她看到了湛蓝的天空，茂盛的高树，还有……将脸放大在她面前的久远。

他背对着阳光，带着言绯再熟悉不过的灿烂笑容，可爱的包子脸一笑起来，脸颊就有些微鼓，有一种让言绯不知道该如何形容的亲切感。那双浅棕色的眸子亮晶晶的，漂亮得让言绯移不开眼睛，仿佛他的眼底正是映亮这个世界的太阳。

果然，他就应该活在阳光下吧?

“言绯，这是哪里？我不记得幽灵树海里有这样的地方啊……还有，四周那么亮？不像白天，也不像夜晚。”

不在他熟悉的环境里，久远没有露出丝毫的慌张，很明显，他喜欢这里，喜欢充足的阳光。

“还有还有，那个又亮又刺眼的东西是什么？”

“那是太阳，白痴。”

收回了凝视他的目光，言绯推开久远的脸，然后她环视了一下四周："洛德说，会在幽灵树海里开另外一个出口给我们，看来就是这里了。"

"另外的出口？洛德？言绯……你见到洛德了？他长什么样？奇怪吗？"

"不知道。"

"哎？怎么会不知道？"

"因为他根本就没有让我看到他的模样嘛！"言绯提高了嗓音，示意久远不要再接着追问了，"总之我们现在出来了！我们已经离开幽灵树海了，久远！"

言绯深吸了一口气，然后站起来活动了一下筋骨。

她现在脑袋乱乱的，她不知道洛德所说的元素师是什么，又该怎么考取。言绯想要安静地去思考，只是她身旁的久远注定是个安静不下来的家伙。

就算言绯对他不理不睬，他仍旧能保持热度，喋喋不休地嚷嚷着，说着他竟然离开了幽灵树海，说着为什么小一他们没有出来之类的废话，言绯统统都一个耳朵进一个耳朵出。

久远说了好一会儿，不知道是不是觉得没劲了，才终于闭上了嘴巴，抬头看向不远处。

久违的安静持续了没有一分钟，久远的声音又再次炸开了："啊，言绯，言绯言绯！"

"啊啊啊，别叫了，我听到了啦！"

浑蛋，干什么突然把嘴凑近她的耳朵说话，还喊得那么大声！

会聋掉的！

言绯咧着嘴瞪向了久远，但他却拉着言绯指向了他刚才看的方向：“那个是你的东西吗？看上去有点眼熟，似乎是你的包。”

“什么？”随意地往他手指的方向一瞥，言绯立刻激动了，“啊！那是我的行李！”

三步并两步跑到了不远处的那个矮树丛，言绯从里面拉出了她的行李包，然后“哗啦”地拉开了拉链。

干粮、盘缠、换洗的衣服……

啊哈，果然还是洛德做事比较牢靠，竟然直接把她的行李也一起送出来了！

有了这些东西，她至少暂时不用沿街乞讨了！

数着包里言绯再熟悉不过的东西，忽然久远在身后喊住了她。

“呐呐，言绯，那又是什么？”

唉，这家伙到底又看到了什么！

言绯抓了抓头发，随手将石头扔回了背包，然后才走到了久远的身旁。

这次久远看到的是一辆公交车，它正从不远处的小路朝这边开过来，而在公交车前几十米处，赫然立着一个大大的停站标志！

“啊！有车子，久远，快点快点，我们要赶上那辆车子！”

言绯没有千里眼，那么长的距离，她根本看不到站牌上写着什么，也不知道这辆公车会开向哪里。

但是，她知道，他们只要能离开这里，去到城市里人多的地方，一切都会变得好办得多。

只是……她为什么要叫上久远?

这个时候，明明应该丢下他，自己跑掉吧?

“要追那辆车吗? 嗯嗯，行李就交给我吧! 言绯，快把你的手给我! ”

久远不给言绯思考的时间，他早就敏捷地将言绯的行李背到了身上，然后咧着大大的笑容，朝言绯伸出了手。

鬼使神差地，言绯握上了他的手。

那只手，冰凉得如同冬季的寒雪，纵使太阳再如何炙热，纵使他与阳光再如何契合，他的温度，也不会因此升高。

相反地，言绯的手指，都仿佛要被他给弄凉了。

可是，不明白……

怦怦——

心跳在触碰到久远手的瞬间，忽然乱了节奏。

言绯不明白，她的心跳为什么加速。只是跟在久远的身后跑着，看着他的侧脸，一刹那，她觉得……

或许，跟他一起走，也并不是什么坏事吧?

CHAPTER 05

职业申请所

1.

久远身上背着一个大行李包，仍旧跑得飞快，宛如离弦的箭一般。言绯被他拖在身后，好几次都跟不上他的步调，踉跄得险些摔倒。

太阳在头顶炙烤着，言绯觉得脑袋充血得厉害，几次都有些喘不上气。

“慢、慢点……我要摔了啦！”

“可是言绯你不是说要赶上那辆车吗？而且，才跑了那么一点儿路，怎么会累呢？我一点都不累啊？”

因为你是死人啊！

太阳晒不死你，你会累就见鬼了！

言绯翻着白眼抓狂地在心里喊着，终于在她即将崩溃之前，他们赶到了公交车站。

言绯晕晕乎乎地迈进敞开的车门，顿时一阵清亮的风就从里面涌了出来，那一瞬间，言绯感觉自己宛如来到了天堂。

就在言绯站在车门口享受着空调的凉风、恢复着体力的时候，久远再次兴致冲冲地嚷嚷了起来。

“啊，人……跟言绯一样的人。天……天啊！我竟然可以碰得到他！”

“你在说什么啊！”

言绯猛地抬起了头，就看到久远整个人都趴到了公交车司机大叔的身上，双手在他的肩膀上摸个不停，嘴里不停地喊着“能够摸得到”、“跟言绯一样有温度”之类猥琐的话。

而司机大叔似乎傻住了，他没有料到会突然上来一个打着赤膊的男生，还对他摸个不停……

蹭蹭蹭——

热血刷刷地往脑袋直涌，言绯恨不得找个洞马上钻进去。

“啊啊啊，久远你给我收手！我说过了，这里是外面，外面是很多跟我一样的人类！你不要乱摸，好像变态！”

言绯一手捂着脸，一手死抓住久远的手，就要把他从司机大叔的身上拉下来。

“好神奇啊……哦，言绯，这是不是代表，我都能够摸得到他们？啊对了，变态是什么？”

“见到陌生人乱摸的就是变态！这是很不好的词！”

“不好的词？那么……久远是变态吗？”久远琢磨着言绯的话，脸上的笑容忽然淡了几分，他小心翼翼地看着言绯，就好像在担心被言绯嫌弃似的。

“啊咧咧……不是啦，哎呀，你快点给我到后面去找个位置坐下来！我要付车钱啦！”

拜托……不要用这么一副天真无邪的表情看着我好不好……

虽然她明白，一直都住在幽灵树海里的久远根本就没有什么常识，看到非幽灵以外的人类都会感到新奇，可是这样实在是太丢人了！

万一司机大叔动怒了，把他们丢下去怎么办！

好在言绯生气的表情镇住了久远，他不再乱动，在车子上乖乖地找了个位置坐了下来。

言绯赶紧向司机大叔道歉："对不起对不起！我这个朋友他脑袋不太好使，请你千万不要跟他计较！"

"呃……是这样吗？"理了理衣服，司机大叔上下打量了一下久远，"虽然夏天不穿衣服是没什么，只是在空调车里，最好还是加一件衣服，小心感冒了。"

"谢谢！我会记得提醒他穿衣服的！"

言绯欲哭无泪地从背包里拿出了钱袋，刚想投币，司机大叔又叫住了她。

"等等姑娘，你们是要去什么地方？在这附近来坐车的人很少呢。"

司机说着指指空旷的车厢，言绯这才发现，整个车子里除了她、久远和最后一排靠窗的趴在那里呼呼大睡的一个人之外，就没有其他的乘客了。

难道，这辆车很冷门？

"啊……怎么说呢，我也不知道我要去哪里。我也是刚到这儿的，完全不了解这里的地形。"

"那你就是看到车就上来了？"

言绯点点头，她的回答让司机大叔有些头疼地揉了揉太阳穴。

"这样可不好啊，万一离目的地越开越远怎么办啊。"说到这里，司机大叔有些为难地再次打开了车门，"你还是看清楚车牌，再考虑要不要上来吧。”

“不是的不是的，我……我知道我想去哪里，但是又不知道它在哪里，嗯……该怎么说呢，那个，你知道元素师，这个职业该到哪里去考吗？”

言绯越解释就越觉得混乱，她着急地看着司机，这次她的话音刚落下，车后就传来了一个少女的惊呼。

“元素师？你要去考元素师？哦，那你的运气太好了，这辆车正好有个站头停在职业申请所附近哦！我也要去那里呢。”

那个一直趴着不知道是在睡觉还是在偷听的少女突然间抬起了头，她也不顾身旁还放着行李，就直冲冲地朝言绯这边走了过来，一把抓住了言绯的手。

“啊……你好。请问你是谁？”

“我叫暮北，是个予魂师。”少女似乎特别的自来熟，她介绍着自己，还不忘抓过那只一直飞在她身后的东西，“它是我的同伴，夏瑾炎，是一只机械鸟。”

“你好。”机械的声音从鸟的嘴中传出，那双橘色的眸子上下打量了言绯一番，它就扑扇着翅膀飞开了。

予魂师？那是什么东西？

还有……这只机械鸟看上去怪怪的，就好像……

“言绯，它身上似乎有很奇怪的东西哦。”坐在位置上安静了有一会儿的久远指着机械鸟缓缓地开口了，“像灵魂，又不像灵魂，好奇怪……”

“哎？你看得到？它是被赋予灵魂的机械鸟哦。我的职业是予魂师，可以赋予没有生命的东西灵魂。嘿嘿……”暮北有些得意地轻笑了两声，“啊话扯回来，你叫言绯？你要考元素师吗？哇……你是不是很厉害？”

“厉害？我一点都不厉害……事实上，我很废，嗯……应该可以这么说。”

想到她之前被追杀那惨兮兮的模样，言绯有些沮丧地低下了头。

“很废？很废怎么会去考元素师？那么危险的职业，考到就很难，要和那些脾气一个比一个傲，一个比一个怪胎的元素灵签订契约就更加麻烦。哼哼，尤其是那个火炎灵，炎魍，他绝对是这世界上最难搞的元素灵。”

“炎魍？嗯……你是说那个穿着很黑很大的斗篷，然后有发红眼睛，身上带着杀气，然后全身附近都有火的那个？”

“对对对，言绯你见过他？”

话题，就是这样展开的。

暮北拉着言绯坐到了一起，那架势，就好像言绯是她认识多年的老朋友似的。

“你要做元素师，他有没有要杀你？啊……我以前被他追杀了好几次，如果不是有朋友帮忙，我根本不可能活到现在啊。”

“好几次？呃……我只见过他一次。”少女的热情洗去了言绯心头的些许不安，她想了一会儿，还是决定实话实说，“不过……那时候要杀我的除了炎魍，还有雾淼……”

“雾淼？”

“水寒灵，雾淼。她追杀你？”言绯的话很快就受到了机械鸟夏瑾炎的质疑，它稳稳地停在暮北的肩头，那双橙色的眼睛紧紧地盯着言绯，仿佛要从她的眼中看出说谎的痕迹，“不可能……雾淼虽然性格高傲，但是并不会主动攻击人类。”

“信不信随你了，反正我没有说谎。”

说实话却遭到了怀疑，言绯不免有些憋气。

那些天的事情对她来说就像做梦一样，现在想想，连她自己也经常会感到困惑，更别说半路上忽然遇到的人了。

还是少说为妙。

言绯想着，沉默地闭上嘴转过了头，往久远的身旁靠了靠。

而她的这个举动明显让暮北有些尴尬，她朝言绯做了个歉意的姿势，然后一把抓下了停在她肩头的机械鸟，朝它做了个安静的姿势。

有暮北确定了站头，司机大叔终于开车了。一路上久远都兴奋地趴在窗口，时不时地大声询问着言绯一些东西。

可是，事实上，除了一些常识，城市里的那些东西言绯知道得也很少。

每当她被问到哑然的时候，暮北就会热心地向久远解说。

“那是电线，通电用的。不过是很危险的东西，你可千万不要去碰啊。嗯……你有不懂的可以直接问我哦。”看到言绯连续几次都被问到哑然，暮北面对着久远干脆摆出了一副“我什么都能回答”的样子。

只是久远瞥了她一眼，却拒绝了：“我可以问言绯。”

“唉？可是有些她似乎也不知道。”

“这样啊，那我就不问了。”久远若有所思地点了点头，然后他将双手背到了脑后，安分地坐回了位置，给了言绯一个灿烂过度的笑容，“反正言绯不知道的东西我也没有必要知道。”

他在说什么胡话啊！

接下久远这个大大的笑脸，言绯忽然有些无措了。

他这个话歧义实在太大了，一旁的暮北听后，顿时发出了让言绯脊梁骨发凉的笑声。

“原来是这样啊。哎呀呀，我竟然做了电灯泡。”

暮北轻敲了一下脑袋，侧头对着机械鸟小声地说了几句话后，便轻手轻脚地挪到了后面，让言绯和久远单独坐在一起。

原来是这样？

是哪样啊？

电灯泡？什么电灯泡啊？

这到底是什么跟什么……言绯很确定，暮北一定有什么地方想歪了，她想要解释，只是一转头，她就看到了久远大大咧咧的笑脸，盈着从窗口漫进的阳光，灿烂得让其他的光影随之失色。

言绯张张嘴，还是认栽地低下了头。

糟糕，她似乎开始不能抗拒这个笑容了。

2.

在公交车行驶到最近的一个城市的时候，暮北就拉着言绯和久远下了车。

然后她熟门熟路地先带着言绯他们找到了一家服装店。

看着店门前的招牌，言绯困惑了："你不是说要带我们去正职事务所吗？可是这里，如果我没看错的话……似乎是服装店？"

"这里的确是服装店。呵呵，虽然每个人喜好不同，我也并不反对夏天赤膊，不过职业申请所还是比较正式的地方，不穿衣服的话，很有可能会被赶出来啊。"

对哦，她怎么把这个给忘了。

因为言绯已经见过久远很多次了，所以他的这个样子她早就习惯了，但是这并不代表城市里的人会习惯。

光着上半身，多少还是会给人一种很不礼貌的感觉吧。

"不过，你是怎么知道久远他赤膊是因为没有衣服？"

暮北笑着抓了抓后脑勺的头发，然后将头凑到了言绯的耳边："其实是夏瑾炎看出来的。它说，你的同伴身上的裤子很破，像是穿了很多年，但是你的衣服却很正常。"

唔……原来是这样。

看不出来，暮北的机械鸟原来那么聪明。

言绯拿着衣服比画着久远的身体，拿了为数不多的钱帮久远买了一套新衣服。

其实只是最普通、最便宜的白色T恤衫加工装裤，但是久远却开心得眼睛都眯成了两条弯弯的月牙。

好几次，言绯抬头去看久远，都会发现他在"嘿嘿"地傻笑着。

面对那样的笑容，言绯最没有办法移开眼睛，仿佛看着，她的心情也会跟着好起来。

"你很开心吗？你看上去似乎并不在意自己穿不穿衣服，不是吗？”

“嗯，穿着什么我的确不在意，不过那是你送我的，不一样。”

刷——

久远的话音刚落下，言绯的脸就涨得通红了。

她赶紧撇开了头，用手捂住脸颊。

离开了服装店，暮北就带着言绯他们来到了一幢很高的办公楼前。办公楼红白相间的墙面上，赫然写着几个镀金的大字：“职业申请所”。

玻璃磨砂大门在感应到他们的到来后就自动地滑开了，宽敞的招待大堂显现在了言绯的面前。

“你们等会儿到里面，跟登记人员，就是站在前台的那几个，你向他们说明你的来意后，他们就会下发你的考试题目。”暮北说着指了指前台后面几个正操作着电脑，或与来者交谈的工作人员，“抱歉，我因为还有其他的事，所以就不陪你们去了。记住，我是予魂师暮北，虽然你们看上去还有些信不过我，但是能相遇就是缘分，如果你们遇到麻烦了，可以打电话给我，希望我可以帮得上你们的忙。”

说罢，暮北从背包里掏出了一张写着一串数字的卡片递到了言绯的面前。

过了那么多天混乱的日子，好不容易遇到一个友好的人，言绯呆呆地接过卡片，不禁有些哑然了。

其实，言绯是想说谢谢的。

其实，言绯想告诉她，她根本没有手机那种东西，电话号码这种东西对于她来说并没有太大的用处。

可是没等她说出口，对方就已经跑进大楼，消失在了楼梯间。

“是个好人……不过她身边的灵魂，有些奇怪呢。”看着暮北远去的方向，久远将脸探到了言绯的旁边，幽幽地说道。

“奇怪？你是说那只机械鸟吗？”

言绯知道，久远的眼睛能够看到幽灵。

所以他能看到机械鸟身体里的灵魂，这也是正常的事情。

只是……

“嗯，说不清。不过，感觉很熟悉……似乎在幽灵树海里，感觉到过相似的灵魂。”久远皱着眉头低声回答道，然后他立刻将手背到了脑后，哈哈地大笑了起来。

他走到言绯的身后，推着她就往前台的方向走：“可能是我的错觉吧！啊哈……我总是这样，明明什么都不知道，还总感觉自己是知道的。哈哈……言绯你不用理睬我了。”

就这样，言绯被久远推到了前台。

因为久远的笑声，那些工作人员早就注意到了他们，言绯一来到前台，一个穿着制服的女人就带着微笑迎了上来。

“你好，请问有什么我能帮助你的？”

“啊，你好……那个，我想申请报考元素师，请问，我该怎么做？”

“元素师？嗯，不好意思，请你稍等一下。”女人一怔，连忙转身快步走到了前台后的一个房间里。

磨砂的玻璃房里，言绯隐约能看到有一个人坐在那里。女人进去之后过了大约一分钟，一个穿着西装的男人就跟着女人从里面走了出来。

他的头发向后理得油光发亮，露出高高的额头以及那双深邃的眼睛，他的目光锐利如钩，仿佛可以缠住面前的事物，不让它们从他的眼前逃脱。

被熨烫得平整的西服，看到不到一丝褶皱，衬托出他健壮的体魄，那是和久远完全不同的成年人的结实。

“是你要报考元素师这个职位吗？”男人上下打量了言绯一番，才伸手，示意言绯在前台边找个位置坐下来，“允许我冒昧地问下，你是哪个元素家族的后裔？”

“后裔？没有。”

“没有？”

“嗯……我家里没有人是元素师，而且我也不太懂元素师是什么……”

“那你来这里干什么？你当考核是游戏吗？”言绯诚实的回答让男人的脸色顷刻变得难看，他提高了音调，浑厚的嗓音顿时充斥了整个大堂，言绯能感觉得到朝她这边“刷刷”袭来的目光！

她被盯得脊梁骨一阵发凉。

“是因为有人让我来考，我才来的。我……”

“抱歉，我有些激动了。首先，你必须明白，元素师是一个很危险的职业。”意识到自己情绪有点过了，男人深吸了一口气，赶紧将语调放柔和了一些，“就算你可以侥幸地通过考核，后期和元素灵签订契约，也是一件很困难的事情，有很多人因为处理不得当，或者能力不行，而在这个过程中被元素灵反噬，失去生命。这也就是到目前为止，为什么可以真正称得上元素师的人那么少。"

男人说得很慢，似是要让言绯把他的每个字都记在脑袋里："此外，由于前一阵火炎灵的暴走，现在元素灵们都处在失控状态，他们的危险指数又升了一倍。如果你不是特别的元素家族后裔，有制伏他们的方法，我劝你目前最好先放弃该职业的考核。"

"火炎灵暴走……元素灵失控……所以……那个，我可以再向你询问几个问题吗？"琢磨着男人的话，言绯的脑海中忽然冒出了一个声音，她忍不住问道，"水寒灵之前是不是有一个契约者，在一年前死掉了？"

言绯的问话让男人忽然怔住了。

他眯起眼睛审视了言绯好一会儿，言绯被他看得心里毛毛的，目光下意识就往久远的身上逃。

"啊，如果你不想回答的话就算……"

"的确有这件事，但是……你听谁说的？"

"真的有？啊……怎么说呢，我听谁说的……嗯，该怎么说呢……"面对男人的追问，言绯尴尬得不知所措，她忽然有些后悔自己问了这个问题。

那些事，之前在车子上，言绯没有告诉暮北，同样地，此时她也不知道自己到底要不要告诉面前的这个男人。

如果说了，他会觉得太扯谈了吗？

在言绯茫然之间，久远冰凉的手落在了她的肩头。他指尖的寒冷透过薄薄的布料，传达到她的神经，将慌乱的意识一下子平复了下来。

言绯侧头看向始终站在她身后的久远，从刚才起，他就很配合地安静站着，静静地看着言绯。

那种沉静，似曾相识，但是……任言绯把记忆翻遍，她都不知道，造成这熟悉感的画面存在于何处。

“你不必感到慌张，知道什么告诉我就可以。嗯，或者我们换一个比较安静的场所吧，这里的确有些吵了。”

男人在言绯的失措之间好像感到了什么，他走出前台，朝言绯做了请的姿势，然后根本不给言绯拒绝的时间，他就带着她转身绕近了前台后的一处比较隐蔽的拐角。

在那里，有一间小型的会议室。

一进入里面，言绯就有种外界的一切声音在此被隔绝的感觉。

这个会议室异常的安静，言绯几乎可以听到自己紧张的呼吸声。

而这是她身旁乖乖闭上嘴巴的久远没有的。

男人让言绯随便找一个位置坐下来，然后他才开口接下了刚才的话：“现在，可以请你告诉我，你是如何知道，水寒灵的契约者在一年多前死掉的事吗？如果我没有记错的话，这件事也是在前一阵由总局的人查明的，而他们并没有将消息外扩。”

男人最后一句话，分明就是在强调，言绯在他眼中就是个不知道从哪里冒出的家伙，一看就知道没什么家庭背景，也不可能认识总局的人。

言绯不可否认地点了点头：“如果我说这件事我是听火炎灵说的，你会相信吗？”

“火炎灵？不可能……火炎灵性情残暴，遇见过他的人如果没有强大的能力抵御，根本不可能存活下来。”

“啊……的确啊，他是要杀我来着。”言绯傻笑着用食指抓了抓太阳穴旁的头发，“不过，那时候情况有些混乱。实际上，事情的经过是这样的……我原本住在山上，后来下山去找小时候的朋友，只是我被人骗了，那个人把我当祭品献给了水寒灵，和她签订了契约。

“之后，水寒灵就说要杀掉我，不过在杀我之前，她非要我去找洛德，啊，也就是地嗜灵。然后我在寻找洛德的时候遇到火炎灵，他想杀我的时候，水寒灵又跑了过来，结果火炎灵嘲讽了水寒灵几句，里面有一句话就是说，那个契约者被他杀死的事。然后他们两个斗了起来，我就借机逃跑了。嗯……你能听得懂我在说什么吗？”

言绯把前些天混乱得一塌糊涂的事情总结成了那么短短的一个过程，只是等她说完，她才觉得自己也说得乱七八糟的。

男人的眉头更是紧紧地皱了起来，形成了一个很深的“川”字。

他沉默了好一会儿，才开口道：“也就是说，你遇到了水寒灵和火炎灵？那么……这与你要考元素师有什么直接关系？”

“嗯……水寒灵不是让我去找洛德吗？然后，我在逃跑的过程中就遇到洛德了。哈哈……是不是很扯？你所说的危险的元素灵，我一口气遇到了三个。不过……这次，终于有一个元素灵不打算杀我了。”

“是洛德吗？”

“嗯。”言绯点了点头，“他说，他可以帮我找到我要找的人，但前提是我必须考取元素师，和他签订契约。哦，你知道洛德吗？

他是不是比起水寒灵和火炎灵，在脾气上要好得多啊？他以前是不是也有很多契约者？”

“很多？”

“对啊……水寒灵那么高傲，一般人根本受不了她的傲慢；火炎灵又那么残暴，肯定是不会愿意受到谁约束的，可是洛德就不一样了。”

他是唯一一个和言绯好好说话的元素灵，也是言绯遇到的所有元素灵中声音最温润最柔和的，就如同春日的清风，让人光听着就忍不住想往他那边靠近。

男人再次沉默了。

他静静地看着言绯，似乎是在思考该怎么回答她的问话。

半晌，他才用一种略带低沉的嗓音，幽幽地问道：“你忘了吗？洛德的另外一个名字，是地嗜灵。”

“嗯，我知道，不过这又怎么了？”

“地嗜灵，‘地’代表他的属性，而‘嗜’则代表他的性格。他是大地间的王者，拥有着吞噬一切的力量，洞悉一切的能力。曾经有无数的元素师试图寻找他，与他签订契约，但是至今都没有一个人成功过。因为……所有的人，都会在成为他的契约者之前死掉。”

3.

“因为所有的人都会在成为他的契约者之前死掉……”

“因为所有的人都会死掉……”

男人的话一声一声地在言绯的耳边回荡不停，吵得言绯根本无法静下心。

叶澜笙利用她，雾淼和炎魉都要杀她，好不容易遇到一个说要保护她的人，结果……她却好像哪里理解错了。

难道，洛德并不是抱着好意让她去考元素师吗?

他只是变着法子想要杀掉她吗?

可是……为什么?

明明是那么温柔的声音，明明是那么期待，可以通过他，找到秋蓝儿的。

“言绯? 你怎么了? 你的表情好难看，言绯? ”

久远紧张地将手伸到言绯的面前，他担忧地大声询问着，但是却被言绯推开了。

言绯睁大眼睛看着男人，希望他能告诉她，这些都是他在开玩笑。可是回应她的，却是男人重重的叹气。

“唉，所以我劝你还是放弃参加考核吧。”

放弃吗?

放弃考元素师，然后，她不能再去找洛德要秋蓝儿的消息，然后……一事无成地逃回山里吗?

不甘心的情绪爬上言绯的心头，她紧咬着牙关，抿起了双唇。

“我不要……”

“什么? ”

“我不要……好不容易我才可以下山去找她。洛德说他知道她在哪里的，反正所有的人都要杀我，那我宁可在离秋蓝儿更近的地方死掉! ”

每个人都有自己的执著。

执著于一个念头，执著于一件事，执著于一个人，它可大可小，但是一旦在心里埋下了种子，它的根就会随着时间的推移，牢牢地缠住整片心房。

不能实现会痛，拔掉会痛。

言绯紧紧地闭上眼睛，她一手握拳抵在胸口。

“言绯……”

她听到了久远在念她的名字。他的话语很轻，轻得就如同幽灵树海中的雾，明明在眼前看上去是那么的真实，伸手却什么都抓不到。

言绯不知道她的话让男人露出了怎样困扰的表情，他沉默了许久，才幽幽地说道：“好吧，我知道了。我会跟总部申请的。你先填一张个人信息的单子，然后请你在明天下午一点前到大厅等候，到时会有专门的工作人员向你公布你的考核内容。”

写完男人给她的个人信息单子，言绯就跟着久远离开了职业申请所。

一路上，言绯都有些恍惚。不同于之前唧唧喳喳的模样，她身边的久远此时特别的安静，除了偶尔拉着言绯避开人群、电线杆之外，他跟在言绯的身后，几乎没有其他的举动。

失神了好久，等夜晚来临，言绯的肚子饿得咕咕叫的时候，她才发现自己竟然一整天都在这片区域打着圆圈来回走着。

见言绯的眼中有了神采，久远这才笑着抬头说道：“虽然外面世界的白天和幽灵树海里完全不一样，但是到了晚上，头上的天空却是相同的呢。喏，言绯，这里的天空，和你以前生活的地方相同吗？"

"嗯……"沉思着望向漆黑的天空，言绯摇了摇头，"我以前住在山里，一到晚上，四周都没有灯光，所以星星月亮都显得特别的明亮，仿佛看着它们，就可以在黑夜中找到回家的路。但是这里天空上的光，反倒太微弱了。"

所以，在晚上，如果看着星空，反倒会迷路吧?

"原来是这样啊……嗯，那我一定要跟你回去看看，嘿嘿……言绯，你一定会带我去吧？"久远的脸上露出了向往的神色，他咧着嘴愉快地笑着，那样的表情让人很难拒绝。

只是很快，他脸上的笑容忽然淡了几分，他有些尴尬地低下头，伸手抓了抓后脑勺的头发。

"不过等你找到你的朋友，我再缠着你，你的朋友也会不高兴吧。"

"啊？不会的。"言绯条件反射地否定了久远的担心，"秋蓝儿在信里说过，她最喜欢交朋友了，她在信里真的……一直都很温柔地与我交谈，不像我总是冒冒失失的，还会耍小孩子脾气。如果你能够遇到她的话，也一定会喜欢她的。"

"嗯……那我还是不要遇见她比较好。"

久远低声地说着，然后他伸出了手臂大大咧咧地勾住了言绯的肩膀，另一只手则落在了她的头顶，胡乱地乱揉了一通。

"喂！久远，你干什么哦，造反啊！"

"哈哈哈……其实我早就想这么干了。"久远放开了言绯，他将两只手放在耳边做出了投降的姿势，"言绯你不要总是沉着脸，也跟我一样多笑笑嘛！”

“久远……”

“虽然我似乎也没有什么用，不过，既然我跟你出来了，我就一定会保护你的。言绯，如果有谁要杀你的话，他还得先过我这关呢。”

收敛了几分笑意，久远将双手按在了言绯的肩膀上。

那么的郑重，那么的认真，让言绯无法忽视他的话。

“言绯，不要觉得我是你的负担，好吗？我会成为你的力量，努力保护你的。”

“我知道我等待的人是你，所以，我必须要成为你的力量，好好保护你……包括为你找到对你重要的人。”

久远的话，让言绯想到在昏暗的意识里洛德对她说的话。

不同的声音，相似的话语，微妙地重叠着，让言绯不由得凝视起久远。

那张带着善意的笑脸上有一双浅棕色的眸子，盈着笑意与月光，言绯仿佛可以通过它看到对方的内心。

怦怦——

心跳毫无征兆地加速了。

“久远……洛德在和我说话的时候，你醒着吗？”一手按住心脏所在的地方，言绯轻声问道。

久远挑眉，他抬头看向了无边的夜幕。

天空，与大地平行，看似在远处交接，但实际上它们之间却相隔永恒，谁都无法触碰到彼此。

多么辽阔，又多么的……寂寞。

“果然，是醒着的吗？”

“不知道啊……”

因为已经死掉了，所以也不知道睡着了是什么样的感觉。

如果无法接收任何人的声音，如果无法看到任何的画面，世界一片荒芜，那样的形容算是睡着的话，那么……

他大概是……

大街上来往车辆的鸣笛声淹没了思绪，久远深吸了一口气，然后再次咧开了嘴。

“走吧走吧，言绯，你肚子都叫了好久了，快点找个地方吃饭吧！”

CHAPTER 06

时间轮轴

1.

言绯紧张得几乎一个晚上没有睡着，第二天，她和久远早早地就来到了正职事务所。

坐在大厅等候着，言绯仔细地注意着挂在大厅中央的钟，看着指针一格一格地走动，在它即将落到一点的位置时，言绯眼角的余光瞥到了一个身影，他抱着很大一包文件，匆忙地从外面跑了进来。

他扫视了一圈大厅，然后快步朝言绯这边走来。

“你就是言绯吧？”

对方穿的似乎是什么特定的制服，因为言绯从没有见过那种款式的衣服。

棕色的衣服被熨烫得笔直，衬托出他修长的身姿，他和昨天的那个男人一样，整个人都散发出一股严谨的气息，给人压抑的感觉。

见言绯僵硬着不动，他摘下头上的帽子，朝言绯淡淡地笑了笑：“你好，我叫蓝泽，来自总部，我的职务是审讯者，今天由我向你公布考核的内容，请你跟我到会议室来。”

“啊，好！”言绯猛地回过了神，她起身连忙想要跟上蓝泽，但是还没有走出一步，蓝泽就伸手穿过了她的肩膀，拦住了言绯身后的久远。

“抱歉，能否请你在大厅稍等片刻？”

“为什么？我是她的朋友，不是外人啊。”被排斥了，久远有些莫名其妙，他死死地抓住了言绯。

收到久远求援的目光，言绯连忙帮他说话：“那个，蓝泽，他是我朋友，跟我进去应该没有关系吧？”

“很抱歉，原谅我还是不能让他进来。”蓝泽深吸了一口气，还是摇头，“元素师的考核内容很严格，要求绝对的保密，只能由考核中心的人和考核者知道。”

“那我也跟言绯一起考元……”

“那么，请你到前台重新做一次申请，好吗？如果你的申请可以从总局批准下来，我会让你知道考核内容的。只是，根据总局的工作安排，就算你能够通过审核，时间上也要自动往后推移一个月。”蓝泽说得很慢，但每个字都非常坚定，令谁都无法否决他的话。

“我要处理的工作很多，如果你们现在还执意要在一起的话，那么今天的事就只能暂时到此为止了，原谅我要先离开了。”

蓝泽放下了拦住久远的手，他转身看了一眼大厅中央的钟，现在才一点过五分，但是五分钟的争执时间在他看来，已再浪费不过。

客气而又无法商量的话语不断地提醒着言绯，面前的这个男人是和他们完全不同的。

他完全遵守着被定下的规则，不会因为任何理由而改变。

言绯抿紧了嘴巴，一点点地推开了久远的手。

“言绯？”久远睁大了眼睛，淡棕色的眸子里浅浅的失望一掠而过，然后淡淡的忧伤萦绕在了他的眼中。

不知为何，看着他的眼睛，言绯的胸口忽然……有些压抑。

“久远，你别担心，我很快就会出来的。你等我一会儿。”

“可是……”

“很好，现在请你跟我来吧。”见言绯做出了决定，蓝泽满意地点了点头，他走到言绯的身旁，朝她做了个请的姿势。

这次，蓝泽并没有带言绯去昨天那个会议室。他带着言绯绕进了一条四周都由铁皮包围的通道。白色的灯光充斥着通道，明晃晃地照着，让人处在其中分不清是白天还是夜晚。

言绯跟着蓝泽一直走到通道的尽头，在一扇巨大的铁门前，蓝泽停住了。

他将手按在了一旁的特殊光盘上，随着一道蓝色的光扫过，铁门的前方忽然跳出了一个半透明的方形框。

在框中，言绯看到了一个长得十分妖异的女人。

她穿着黑色蕾丝长裙，蕾丝裙边点缀着数十朵妖艳的玫瑰，宛如染上了血一般。她的皮肤白皙得不像正常人，黑色的浓妆覆盖在眼眶四周，一滴猩红色的泪滴画在左眼下，宛如哭泣一般，仿佛随时可能会滴落。

“你好，蓝泽先生，请稍等片刻，花昱博士正在连接通道。”

女人的话音听上去有些奇怪，没有情绪的波动，就像是在执行某一种命令。

“她是人偶，不是人类。”看出了言绯的困惑，蓝泽简单地解释了一下，“在研究所有许多人偶。他们能够活动说话，但是并不一定都拥有生命。”

能够说话能够活动，这还不算拥有生命?

真是好奇怪的逻辑。

言绯艰难地消化着蓝泽的话，而另一边，黑裙子人偶也说话了。

“通道已连接上，现在开始倒计时……三……二……一。”

嘎吱——

巨大的铁门缓缓地朝两边一点点地挪开，通道里面刺眼的光顿时就如同洪水一般倾涌而出，淹没言绯的视线，让她几乎睁不开眼睛。

“不要害怕，跟我进去吧。”

眯着眼睛点点头，言绯跟着蓝泽走了进去。

明亮的光只是笼罩在大门口，当言绯彻底走进里面时，萦绕在她身旁的光就渐渐地变得正常起来。

她这才发现自己来到了一个很奇怪的地方。

一些看上去奇形怪状的机器布满了整个房间，房间的透明管道里时不时地会有冰蓝色的液体从里面流过，发出隐隐的光芒，将四周的气氛衬托得更加清冷。

而在机子的中央，有一个身穿白衣的中年男子站在那里忙碌着。

他的手指就如同在键盘上跳舞一般，噼噼啪啪的声音响彻不绝。

“想不到，职业申请所里有这么一个地方……”

“这里并不是职业申请所，这里是总局。”听到了言绯惊讶的低喃，蓝泽走过她的身旁，径直走到了中年男人面前，向言绯介绍道，“他是花昱博士，是他建立了空间隧道，把我们从职业申请所转移到了总局实验室的。”

“空间隧道？总局实验室？”

蓝泽说的话对于言绯来说无意是深奥的，她歪着头想了一会儿，还是决定放弃理解他们这些高科技的说法。

“那个，蓝泽先生，你现在可以告诉我，我的考核内容是什么了吗？”

“嗯……在向你公布之前，我希望能向你说明一些东西。请你到我这边来好吗？”蓝泽说罢，从文件袋里取出了一沓很厚的文件交给了花昱博士。

这么厚的文件少说也有一百来页，但是花昱博士只是用手指哗啦地将所有的书页扫了一遍，然后他就把文件放到了身旁一台发着白光的机子上。

被装订好的文件顿时一张张地被吸进机子中，然后机器屏幕上就显示出了一个一个图片框。

小心地避开地上如同树根一般交错相通的电线，言绯走到了蓝泽和花昱博士的旁边。

“这是？”

“请你看这个。”

见文件全部都被吸进了机器里，蓝泽快速地敲打了几下键盘，然后一张颜色有些黯淡的照片跳到了机器屏幕的最前方。

照片明显是偷拍的，因为相片中的人根本就没有看镜头，他正坐在庭院窗口边的阴影下，望着远处，似在思考着什么。虽然镜头很偏，但言绯还是注意到了屋檐下那银白色的长发、苍白的肤色，还有那双漂亮的宛若蓝宝石的眼眸。

“他……他不是叶澜笙吗？”

这么具有特征的外表言绯是绝对不会认错的。第一次见到他，她还为他漂亮的模样而惊艳，她还以为叶澜笙是个好人……

可是他……

想到他把自己当做祭品献给雾淼，害她麻烦连连，言绯就感到一阵抓狂。

她下意识地紧握起拳头，但当她注意到照片中的他嘴角的那一抹淡淡的笑容时，不知怎么的，胸口中的怒火莫名地被浇灭了。

就像是被很轻柔的风给拂过一般，那么的温柔。

叶澜笙有这样的笑容吗?

他给人的感觉一直都是冷漠、冷淡、不容易接触……

可是照片上的他……

却并不是这样。

看到言绯的表情由激动慢慢地转为困惑，蓝泽才开口说道："那个与他相似的人，你已经见过他了吗？"

"与他相似的人？"

"没错。"蓝泽认真地点点头，"照片上的人名叫南久橘，他所在的南氏，在通灵家族赫赫有名。而他作为继承人，更是南氏历届当家中最有天分的一个。他在五岁的时候就考取了通灵执照，之后的几年里，他又陆续地考出了其他职业，包括你所申请的元素师。"

虽然言绯不太明白职业这方面的事情，不过她看得出蓝泽眼中的佩服。

"一般人考出了元素师的执照后都会全世界地寻找元素灵，但是他却没有。他的考证就像是在游戏一般。他的厉害程度让所有的大人包括政府都开始畏惧他，但是，实际上，他的身体状况一直都不好，他的体质决定了他不能晒太阳，也不能长时间运动。传言在他考取预言师的执照后，在十岁生日那天，他甚至给自己预言，他不会活过十八岁生日。”

“不会活过十八岁生日？难道他已经知道自己要死了吗？”

言绯还是第一次听说有自己预言自己会死的。

她感觉自己越来越不能消化那群人的思维了。

“那么然后呢？他死掉了吗？”

“这下面，就是总局给你的任务。”蓝泽说着，他转身朝花昱博士做了个手势，对方立刻会意地挑出了一份写满字的文档。

在文档的最上面，言绯看到了用黑字加大加粗的“元素师考核”五个大字。

“我们所能搜到的线索里，叶澜笙的资料是从南久橘销声匿迹之后，也就是三年前才开始出现的。他有着与南久橘相似的外表，但是在能力鉴别上却明显要比十八岁前的他要弱。他不姓南，甚至没有出现在南氏的族谱上，可他却成为了南氏家族的继承人。”

叶澜笙和南久橘很像？

能力却不像？

不是南氏族谱上的人，却代替南久橘成为南氏的继承人？

“你的意思是？”

“没有任何证据可以证实叶澜笙就是南久橘，事实上，我们一直都在怀疑叶澜笙其实是借着南久橘的模样而造出的人偶。而真正的南久橘，就在南氏的后面操控着大局。为了防止有危险的事情发生，所以，我们需要你代我们调查出这件事的真伪，包括叶澜笙的真实身份，南久橘的下落，他是死掉了，还是去了哪里。”

“可是你不是说……这是三年前的事情了吗？”

三年前的事情啊，过了那么久才调查，同一个地方，每天有那么多东西流通，人都不知道换了多少次，让她去找一个完全不知道下落的家伙，最重要的是……

要调查清楚南久橘的事，她就必须要找叶澜笙。

可是如果她被叶澜笙发现了，那她的后果不是被叶澜笙干掉，就是被雾淼、炎魉秒杀。

“我可不可以选择……换个任务？”

“抱歉，任务只有这一个。”蓝泽直接否决了言绯的提议。

说罢，他转身绕到了另一台，由银色布料遮着的大东西旁，蓝泽一把掀开了布，里面巨型的机器露了出来。

它看上去像一张很大的床，只是坚硬的板面上罩着半透明的玻璃，有银蓝色的光波如同荡开的涟漪，一圈一圈地在玻璃表面掠过。

“这是我们最近研制出的机器，通过它，不管是谁都可以被送到过去。但是为了防止过去被改变，所以我们在机器上做了一些调整，只允许灵魂体可以通过这个机器回到过去。”

灵魂？

那不就是谁都看不见她，听不见她说话？

然后她就可以随意偷窥，把过去当做看电视连续剧一样？

这样想着，言绯忽然觉得她的任务还挺省力的。

“我们想把你送到十一年前，也就是南久橘十岁，预言自己会死去的那天。在那里，会有人与你接应，把你搜集到的情报交给总部。”

“回到过去？那我大概要在那里待多久？你不会是要我看着南久橘长大，以灵魂状态在过去待上八年吧？”

八年啊，她就二十四岁了！还有久远……他还在外面等她！

如果八年时间她都不出来……

“你不用担心，过去的时间与现在是不平行的。你的任务时间是二十四个小时，也就是一天。而现实生活中的二十四个小时，在过去会自动扩大为两千四百个小时，也就是四十天。在这四十天里，接应你的人会帮助你完成时空跳跃，你可以在南久橘之后活着的八年里选择需要的穿梭时间，寻找更多的线索。而现实中的二十四小时一过，不管你成功与否，你都会自动回来。”

蓝泽说着按下了机床的按钮，罩在硬板面上的玻璃自动打开了，然后他朝着言绯做了个请的姿势。

“现在，可否请你进入，然后开始考核？”

2.

随着言绯躺进机床，罩在上面的玻璃就一点点地封上了言绯的四周，刺眼的光从玻璃上方如同潮水一般涌来，刺得言绯完全睁不开眼睛。

言绯紧张得绷直了身体，她能感觉得到身下坚硬而寒冷的板床在她的意识中一点点地变得柔软，她就像陷入蓬松的棉花里，不断地往下沉。

但是，却没有被淹没的痛苦袭来。身边轻盈的触感一点点地抚平她意识上的慌张，让她的情绪随之慢慢平缓下来。

言绯不知道自己下沉了有多久，静悄悄的四周开始有了声音，刺眼的光开始变得微弱了。

她调整了好一会儿，才睁开眼睛。

只是她一睁开眼，一张半透明的、胡子拉碴的脸放大在言绯的面前！

“你就是总局派来调查的人吗？”

“你……你就是蓝泽说的来接应我的人？”

听到对方说到“总局”和“调查”两个词，言绯诧异得瞪大了眼睛。

她眼前的这个家伙看上去和之前言绯在职业申请所遇到的两个男人简直相差太多了！

蓝泽他们都穿着笔挺的衣服，整个人弄得相当干净，可是眼前这个人的头发却不知道多久没有梳理过了，胡子更是遮住了他大半张脸，除了鼻子露出来透气之外，言绯根本看不到他其他的五官！

洗得有些发黄的白色衬衫看上去皱巴巴的，他的裤子更是比久远那条工装裤还要旧，裤腿上有好几个洞，都不知道是故意弄成这样，还是穿破的。

“我这样让你很惊讶吗？”他的脸被头发和胡子遮着，言绯看不见他的表情，不过听他的语气，他似乎并不在意言绯用这样的表情看他。

“嗯……把你和蓝泽他们相比较的话，的确有些惊讶。难道，你在总局拿的工资很少吗？”

“我只是很讨厌外表的东西罢了。”男人含糊地回答了言绯的话，然后他长呼了一口气，拉着言绯站了起来。

“我同事都叫我大胡子，你也这么叫我就好了。我在这里的工作是负责收集一切时空中的线索，并且帮助你转移时间。按照考核的要求，现在的时间正好是南久橘十岁生日的早上。你需要躲在南久橘旁边，观察他预言自己会死去的全部过程。”

大胡子打了一个响指，透明的空气中顿时浮现出了一排发着淡蓝色光芒的字。

“因为这里藏着时空隧道，为了不让其他幽灵穿越，我必须守在这里。你离开这里后，照着上面显示的地址去找，应该很快就能找到南久橘了。等你观察了整个过程后，来这里找我就行。”

“啊，这个地址……”

这个地址，只要扫上一眼，言绯就能完全记住。因为，这么多年来，她已经盯着它看了好多次！

“这不是……秋蓝儿的家吗？”

“秋蓝儿？不认识，不过我很确定南久橘住在那里。好了，不要浪费时间了，你一共就四十天时间，把你送到这儿不是来跟我闲聊的。”

“我也不想和你闲聊。”因为对方没有给她压抑感，所以言绯也忘记了害怕，直接回击了对方。

结果不用怀疑，言绯被大胡子粗鲁地推出了昏暗小巷。

来到了人来人往的街道，熟悉感再次漫上了言绯的心头。

前不久她为了找秋蓝儿来到这个城市，结果却因为时间的错开，她没有找到秋蓝儿，反倒遇见了叶澜笙还有幽灵树海中的久远。

现在是十一年前，不知道秋蓝儿是不是住在这里呢?

言绯抱着期待往她记忆中的方向跑去。

就像蓝泽所说的，回到过去的只有她的灵魂，所以一路上，言绯可以自由穿越马路、人群和墙壁。

不会因为太阳的照射而感到头晕，不会因为有外物挡着而绕远路，这次言绯很快就来到了目的地。

熟悉的楼房前却有着言绯不熟悉的模样。

这幢房子周围种满了许多言绯说不出名字的花，带着花骨朵与小叶片的藤条缠着庭院前的竹竿不断地往上攀爬，它们甚至漫过好大的一段距离延伸向房子，勾住墙壁，将庭院的生机一同送到敞开的窗口。

湛蓝色的蝴蝶在花丛间嬉戏飞舞，它们掠过翠绿草间，掠过那些被阳光照得金灿灿的灰烬，宛若散发着光芒的天使在舞蹈一般。

在靠近房子的地方，有一个年纪与言绯相仿的女孩穿着围裙正哼着旋律给花浇水，时不时地会有麻雀唧唧喳喳地停在她的身边，就像在给她伴奏。

女孩的声音悠扬而轻盈，飘荡在庭院里，与灿烂的阳光交织在一起，给人一种特别舒服的感觉。

明知道自己是灵魂体，不会惊到那些有生命的物体，但是进入庭院的时候，言绯还是下意识地屏住了呼吸。

她不想打搅到他们此时的宁静。

穿过屋子的门和长长的走廊，言绯来到了屋子的客厅里。

在记忆里，这个大厅，在未来是叶澜笙的办公室，整个宽敞的空间只放了一张环形的办公桌，显得异常冷清、死寂。

而现在，或者说是十一年前，这里的整个格调都变得温暖起来了。

客厅靠外的窗帘敞开着，露出一排落地窗户，阳光无遮无拦地扫进屋子，落在窗边的盆栽上，向屋中延伸出长长的影子。

雕花的玻璃长桌上摆满了漂亮的茶具和点心，一张纯白的毛皮沙发上，有人躺在那里，银白色的短发和沙发的绒毛融在一起，乍一眼看上去，它们就像是一体似的。

言绯慢慢地飘到沙发旁蹲了下来。

沙发上躺着的是一个有着漂亮五官的男孩，他正静静地睡着，白皙的皮肤几乎看不到血色，额头间散乱的刘海半遮住他长长的睫毛，映衬着脸色的苍白。

阳光落在发丝间，为他染上淡淡的暖光，让他的气息看上去不那么的寒冷，反倒让人忍不住想要靠近他，再给他多一点的温暖。

这就是十岁的南久橘?

言绯下意识地伸手，想要去触碰面前沉睡着的小孩，只是她的手指才刚接近他，男孩就挤了挤眉头，惺忪地睁开了眼睛。

随即那双宝蓝色的眸子毫无声息地对上了言绯的视线，宛如凝视一般吓得言绯赶紧将手背到了身后。

她不知道南久橘是不是看到她了，只是在下一秒，他就像回过神了似的移开了视线。

他长呼了一口气，然后径直从言绯面前走过。就在他要离开客厅的时候，一个穿着制服的中年男人带着为难的表情拦住了他。

“少爷，请你在客厅再等一会儿好吗？本家的人应该很快就会来的，他们现在……”

“他们今天是不会来的。管家，你就不用骗我了。”南久橘打断了男人的话，他对这男人浅浅一笑，稚嫩的脸上露出了不合乎年龄的苦笑，“别忘了，我有预言师的执照。”

“可是少爷……”

“没关系，真的。十岁生日对我来说不算什么，能有你们在这里陪伴我，每一天，我都很开心。”

好听的声音配上温柔的语调，即使这样的话是从一个十岁的小孩嘴里说出来的，言绯也都不由听得失了神。

她呆呆地看着凝聚在南久橘脸上的笑容，苍白得没有血色，可是……他的笑，却比更多拥有炙热血液的人更让人感到温暖。

管家低下了头，他沉默退后，让开了一条路。

见南久橘转出了客厅，言绯赶紧飘到她的身后，跟着他绕到了二楼，走进了一间窗帘紧闭的房间。

明亮的空间一下子黯淡了下来，言绯在这个房间来回飘，她正困惑着，一个声音响在了房间里。

“你是谁？”

言绯蓦地转过了头，她这才发现，南久橘的目光已经锁住了她。

她茫然地伸手指了指自己：“我？”

南久橘点点头。

“你能看到我？”

言绯愣住了，可南久橘却笑出了声。

“呵呵，为什么不能？我可是通灵家族的人，能看到幽灵是很正常的事吧。”他斜靠在长椅上，宝蓝色的眸子透着光，盈着笑，柔和得让言绯感到安心，“我叫南久橘，你呢？你的名字是什么？”

“我叫言……啊不行！”

蓝泽说过，让她以幽灵的姿态去过去，就是为了不让其他人看到她，与她对话间接地改变未来。

虽然现在出了一点意外，她被南久橘看到了，但是只要不告诉她名字，对方问什么，她都回答不知道，应该就没有什么关系了吧？

“我只是普通的一个幽灵，无意间跑到你家的，你就叫……叫我小远好了！”瞎扯着，言绯胡乱地将久远的名字扯了进来，“那个……南久橘，刚才我听到你和那个管家的对话了，嗯……今天是你生日对不对？我、我可以留下陪你吗？啊……我没有其他想法，我只是……”

“好啊。”

生怕南久橘会猜疑她，言绯急着想要解释，只是对方却直接答应了。

言绯抬头，便看到他笑着的双眼弯成了两道弯弯的月牙。

“好……好什么？”

“你可以留下来。因为在这里只有我能看到幽灵，所以你不用害怕，没有人会赶你走的。”

哎？就这样？

这么容易就让她留下来了？

这个南久橘就这么好商量？

言绯艰难地消化着南久橘的话，她现在越来越明白为什么蓝泽会怀疑拥有着同样容貌的叶澜笙只是南久橘的替代人偶。

因为他们的性格，或者说自身散发出的气息，简直相差太多了!

一个让她又畏惧又不敢靠近，一个却让她感到如沐春风，忍不住想要接近他。

“对了南久橘，你这里，有没有一个叫秋蓝儿的人？”飘到南久橘的面前，言绯忍不住问道，“啊那个，你不要误会，我会知道秋蓝儿只是因为有人想知道她，但是谁我还是不能告诉你，我……”

而这次，关于秋蓝儿的话题，言绯终于得到了一个让她要热泪盈眶的回答。

“有哦。你要见她吗？”

3.

言绯跟着南久橘绕到了一处背着光的阳台，然后他推开了紧闭的窗户，将半个身子探了出去。飘到南久橘的上方，言绯发现，这个阳台外是一片更大的花圃。

有竹竿架成房子的骨架，任由藤蔓爬满，一朵朵盛开的花朵盈着小小的露珠，娇艳欲滴。即使没有嗅觉，言绯也能感觉得到，阳台之外，一定弥漫着很清新的花香。

在竹竿的缝隙中，言绯看到了一个坐在由藤蔓做成的秋千上的女孩。

她有着一头如同洋娃娃一般漂亮的长波浪，像藤蔓一般一直长到地面，她穿着漂亮的淡粉色洋装，扎在身后的蝴蝶结垂着蕾丝带，随着秋千的每一次摆动都会轻盈地荡起，掠过藤蔓上的花，红色的花瓣随风飘落，洒在她的身上，为她更增一分色彩。

如此活灵活现的她，就像是从童话故事中走出的小公主。

可是……她……

十一年前，言绯只有五岁，她还不会写信，所以那时候的秋蓝儿，还不知道这个世界上有个叫言绯的女孩。

同样地，言绯也从未见过秋蓝儿。

只是，面前的这个女孩，总是给言绯一种不知道该如何形容的熟悉感。

就好像……她在哪里见过她。

“蓝儿，你到底要在这里玩多久啊！”南久橘双手撑在窗沿边，对着花圃中的女孩喊道，“今天可是我的生日，你怎么不来陪我，反倒自己玩得开心？”

“哼，臭久橘，我才不要陪你玩呢！”女孩从秋千上跳下来，她气呼呼地双手叉腰，面向了南久橘，“如果你实在寂寞得不行，那我就大发慈悲地准许你下来帮我摇秋千吧。”

就在秋蓝儿回过头的瞬间，言绯终于看清楚了她的模样，可是……

下一秒，言绯却觉得脑袋“嗡”地一下炸开了。

“小……小一？！”

她不是眼花了吧？

那个人，长得好像幽灵树海里的小一。

她们两个在模样上没有任何的差异……甚至就连那有些任性的神态，都是那么相似。

可是……可是小一她已经死了啊?

“南久橘……南久橘！她叫什么，她叫什么?！”言绯慌张地想要抓住南久橘，但她的手只是不断地穿过对方的身体，她根本无法抓住一个活人。

南久橘不明白言绯为什么突然那么激动，他不解地皱起了眉头：“她就是秋蓝儿啊。”

“秋……秋蓝儿?小一是秋蓝儿?！”这个答案，是言绯怎么都想不通，也是她完全无法接受的，“她……她，秋蓝儿她现在多大了?”

“蓝儿比我大一岁，今年十一岁。”

秋蓝儿现在十一岁……

而过去的自己，那时候五岁。

她是在六岁的时候收到了秋蓝儿的回信，也就是一年之后……

可是，幽灵树海中的小一，和现在十一岁的秋蓝儿，没有明显的模样上的差别！

所以，如果小一就是秋蓝儿的话，她的死亡时间，离她现在的年龄，不会超过两年……

“不可能不可能！如果她是在两年后死掉的，那我之后不可能还能收到她的回信，一定是哪里弄错了，对！我还是不要乱想了！”

脑袋里的逻辑让言绯越来越混乱，她使劲地摇了摇头，决定甩掉这个让她感到害怕的想法。

只是言绯光顾着思考，完全忘记一旁的南久橘是可以看到她这副混乱模样的。

“小远，你怎么了？难道你觉得蓝儿的样子很奇怪吗？”

“没有啦，她很可爱，真的。倒是你……和她，你们看上去似乎关系很好啊？”言绯傻笑着赶紧飘到南久橘的身后，躲在了墙边。

“大概吧。我们一直都生活在一起，她虽然比我大一岁，可是脾气却怪得要死。”南久橘背过身斜靠在了窗口。

他虽然嘴上说秋蓝儿脾气怪，可是他的脸上却挂着笑容，似乎一点都不会因为对方的任性而感到头疼。

言绯能看到的，只有宠溺。

那不像是一个十岁男孩的脸上能够表露出来的。

他看上去就像一个大人。

“你很喜欢她？”

“才不是喜欢！”南久橘想都没想就一口否决了言绯的猜测，“蓝儿对我来说就像是亲人，比如……妹妹。嗯，虽然她比我大一岁，不过我还是想把她当妹妹。”

“为什么？按道理，她应该是你姐姐才对吧？”

“因为管家说过，哥哥或者姐姐，是要保护弟弟妹妹的。而我，想要保护蓝儿。所以她在我心目中，就是我的妹妹。”

为了保护对方，所以在心里把对方当做比自己弱小的一方？

南久橘的思维听上去怪怪的，言绯觉得自己有点跟不上他的思路，只能似懂非懂地点头。

“那如果，啊，我只是说如果，你保护不了她，她离开得比你早，那你该怎么办？”

言绯不知道自己为什么要大杀风景地说这么一句话。

只是想到了幽灵树海里的小一，她的话就不由自主地脱口而出了。

她能感觉得到，在她话音落下之后，南久橘原本苍白的脸色一下子变得更加难看了。

“那么，小远……你是因为别人保护不了你而死掉的吗？”

啊？什么？

南久橘突然的问话让言绯哑然。

她张大着嘴巴，半晌回不上话。

他这话是什么意思？什么叫她死掉是因为别人保护不了她？

她才没有死掉！如果不是为了考到元素师资格和洛德签订契约，然后找出童年与她通信的秋蓝儿，她才不会那么麻烦地来到过去呢！

她……

“抱歉，我……”意识到自己说错话了，南久橘想要和言绯解释，只是他的话未说完，就被秋蓝儿打断了。

“臭久橘！你在上面磨蹭什么，到底下不下来！”

秋蓝儿催促的声音从楼下再次响彻起来，虽然她的话中充满了抱怨，可是言绯听得出来，她很希望南久橘下去陪她。

同样地，把自己定义为哥哥的家伙，是不会拒绝自己“妹妹”要求的。

“你等等哦，我这就下来帮你摇秋千！”

南久橘对着窗外大喊，然后他转身就往楼梯的方向跑去。

目送着个子只到她胸口的南久橘离开，不知为何，看着他的背影，言绯忽然觉得……

胸口有点难受。

仿佛心脏处被什么压住了。

“臭小子……才不是没有人保护我。只是……”

他不存在于你的过去罢了。

蓝泽说，南久橘会在他十岁生日的时候预言他的死亡时间。

可是言绯盯了他一个下午，都没有看出任何他要预言的迹象，他只是在花圃里不断地满足着秋蓝儿任性的要求。

帮她摇秋千、做花环，甚至使用能力，召唤了好些蝴蝶与飞鸟。

花圃里，充斥着秋蓝儿愉快的笑声。

而南久橘，就站在一旁，静静地微笑，仿佛对现状已经非常满足了。

难道传言是假的，南久橘根本没说什么十八岁会死这样的话?

言绯失神地望着花圃中的两个人，忽然，花圃的门打开了，之前站在庭院穿着围裙的少女跑了过来。

她跑得很急，不给南久橘问话的时间，就一把抓住了他。

“少爷，快快，快点跟我来。本家的人来了，是你的爷爷哦！”

“爷爷？”

“姐姐，你是说那个脾气坏得要死。每次见到久橘都要拿拐杖打他的老头吗？”秋蓝儿听到少女的话，赶紧从秋千上跳下来，跑到了南久橘和少女之间，张开双臂，“久橘，你不要去！我掩护你，你快点跑。”

“蓝儿！”少女大呼，“你怎么那么不懂事！我说了，那是少爷的爷爷，你快点给我让开。还有，你快点给我改口，少爷的名字你怎么能随便叫呢！”

“姐……”

“爷爷会来肯定是因为找我有急事，蓝儿，你先自己玩吧，抱歉。”

南久橘朝少女努努嘴，示意她不要凶秋蓝儿，然后他绕过秋蓝儿，跟在了少女的身后。

见南久橘离开，言绯下意识地想要飘到他身旁，只是她还未靠近南久橘，对方就已经抬头看向了她。

他没有说话，只是沉默摇头，似乎是在告诉言绯，不要跟着他。

不要跟他去吗?

因为对方是他爷爷? 对哦……南久橘是通灵家族的，他能看到言绯，就代表他的爷爷也一定可以吧?

飘在半空中，言绯呆呆地看着秋蓝儿坐回秋千。

她的双脚来回地蹬着草地，明明很用力，但每次总是抓不准用力的时机，所以秋千晃了好几次，都荡高不起来，只能很浅地来回摇晃。

“嗒……嗒……”

四周一点点地陷入寂静的怀抱，然后，言绯隐约听到了淡淡的抽泣声。

“臭久橘……你个大笨蛋……都跟你说了，不要去了嘛！呜……”

哎?

南久橘不过是去见他爷爷，秋蓝儿怎么哭了?

如果只是寂寞，也不至于这样吧？如果等会儿南久橘来了，以为是她弄哭了秋蓝儿，那她该怎么办啊？

言绯尴尬地飘到秋蓝儿的身旁，十一岁的她脸上的稚气还那么明显。面对这样的一个小孩子，言绯完全不知道该怎么安慰她。

最重要的是，就算她知道，对方也感觉不到她，听不到她说话啊！

哎呀呀……你别哭呀，有什么好哭的嘛！南久橘他很快就回来了啊……他……

“你爷爷是个大坏蛋，大坏蛋啦！他只想利用你，然后杀掉你，为什么你就是不相信我呢！臭久橘！”

手忙脚乱之间，秋蓝儿的话让言绯一下子怔住了。

呃……这是什么状况？

她刚才好像听到秋蓝儿说，南久橘的爷爷要杀掉他？

杀掉自己的孙子？

言绯转头看看身后的楼房，又看看面前哭泣的秋蓝儿，不知为何，此时心里仿佛有一个声音在催促着言绯去寻找南久橘。

去找到他，然后，就会得到她想要的答案。

言绯迟疑了一会儿，她还是飘进了屋子。

南久橘的家并不大，言绯一路直穿，很快她就绕到了离客厅只有一墙之隔的走廊。

只是她还来不及靠近，来自墙对面巨大的爆破声就完全地吓到了言绯。

虽然幽灵体没有感触，但是她能看到走廊墙壁上被震落的画像，花瓶没有落地却也粉碎了。悬挂在天花板上的吊灯不安地摇晃着，水晶吊坠反射着明媚的阳光，晃得言绯一阵眼花。

发生什么事了？

刚才好像炸弹爆炸了一样……

言绯深吸了一口气，然后她小心翼翼地将脑袋探进了墙内。

原本干净整洁的客厅此时已经凌乱不堪。

桌子、沙发、大灯、窗户，一切的东西都被粉碎了，它们融合在一起散落满地。

而在废墟之中，有一个年迈的老人正用拐杖死死地按着一个人的手心，让他无法从地上爬起来。言绯认得出来，那是南久橘，因为他白色的头发是那么的明显。

只是，他那苍白的脸上有了血的痕迹，总是带着笑意的眼神，此时消散得一干二净。

一旁，穿着管家制服的中年男人和刚才的少女则跪在老人的脚边大声地喊着。

“老爷，老爷！求您，放过少爷……少爷他那是无心的话，你不要放在心上！”

“滚开。”老人不理会管家的话，他一脚踹开了管家，然后弯下身一把抓起南久橘的领子，“为什么要违逆我？！为什么要袒护她？！”

他？她？它？

同样的读音，却有着不同的意思。

言绯不知道老人语言中的那个“他”是谁，值得他这么愤怒，用这么残暴的行为大声地质问着孙子南久橘。

“我再问你一遍，你真的宁可死，也不愿意听我的话吗？”

“我真的……做不了。我会死……十八岁，十八岁生日的那天，我就会死去！你知道的，我可以预言，而预言的对象，同样包括我自己！”

“混账！”

老人愤怒地大吼，他猛地甩开了抓着南久橘的手，然后拄着拐杖转过了身：“哼，十八岁那天会死吗？你没有选择，就算你要死也必须得到我的同意！”

言绯往后飘了一步，视线离开了客厅，她回到了那条空荡荡的走廊。

通向两边的长廊，盈着光，仿佛带着希望。然后……

站在当中，言绯感觉自己完全迷失了。

她听到了……她听到南久橘那十八岁会死的预言了，只是……

她没想到，是以这么一个落魄的形式。

而且，很明显……

她因为没有跟上南久橘，所以她少掉了其中一个很重要的环节。

“时间倒退……不行，我要去找大胡子，让他把时间再倒回去！下次我一定要跟着南久橘！我一定要看到全过程！”

言绯低喃着，她赶紧飘出了南久橘的家，朝着大胡子所在的胡同快速飘去。

CHAPTER 07

一年之后

1.

言绯再次找到大胡子的时候已经是黄昏时分了，他正无趣地躺在围墙上方看着绯红的天空发呆。注意到言绯的气息后，他连忙坐了起来。

“跑得那么急，你发现什么了吗？”

“我听到南久橘的预言了，不过不是全过程。所以你能不能把时间再倒退几个小时？这样我可以更加仔细地盯紧南久橘。”

“你这丫头要求还真多。”大胡子抓了抓他蓬松的乱发，从围墙上跳了下来。然后他面对着墙壁伸出了手。

泛着红光的四周，有一抹金黄的光从他的手心冒出，随着光芒的散开，平整的墙壁表面犹如湖水，荡开了一圈圈的涟漪，在圈的最中心，言绯看到了与黑夜相反的白光。

大胡子抓过了言绯，也不给她反应的时间就直接把她丢进了洞里，紧接着他也钻了进来！

洞的对面通向和言绯之前所处的地方相同，只是天色从黄昏变成了白天。

“去吧丫头，等会儿别再跑回来叫我再带你回去。小心我揍你。”

大胡子说罢，朝言绯摆摆手，示意她可以走了。

因为没有确切的时间，所以一路上言绯可以说是拼了命地往南久橘家的方向飞奔。

就在言绯马上就要飘到南久橘家的同时，一辆轿车也停在了门口。穿着管家制服的男人打开了黑色的大门，随即那个拄着拐杖的老人就板着脸从里面走了出来。

想到之前南久橘被他用拐杖按在地上的模样，言绯就感到了一阵害怕，她躲到了转角处打量着这个目露凶色的老人，见他被管家领进了屋子，言绯在门外又逗留了几秒，才小心翼翼地飘了进去。

老人被管家带到客厅之后没多久，那个在庭院浇花的少女就赶紧跑去找南久橘了。

言绯躲在客厅最隐蔽的角落，谨慎得连大气都不敢出一声，可就是这样，言绯还是被老人发现了踪迹。

他一手优雅地拿着茶杯，一手提起拐杖，指着言绯所在的方向，用沉稳的嗓音质问道："哪里来的幽灵？南氏的家宅，是你可以随便进来的吗？"

"啊抱歉，我……我只是无意间闯进来的，我……"言绯尴尬地从角落里站出来，将双手举到了头的两边。

虽然言绯很清楚，实物的攻击对幽灵状态的她来说没有任何威胁，可是面对着指向她的拐杖，畏惧之意还是在言绯的心头不断地蔓延。

从对方不友善的气息中，她能感觉得到那种只要她轻举妄动，就会直接将她粉碎的气势。

"不想魂飞魄散，就滚出去。"

“那个，我……”

“我不想嗜杀幽灵，所以趁我还没有生气之前……”

老人放下了手，他的拐杖重重地敲击在地面，随即震动就像水波一样朝四周散去，言绯虽然没有被攻击到，但是她看到了桌子上那些茶杯在瞬间被震碎了。

“滚出去！”

老人的话一字一句回荡在客厅里，气氛仿佛在一刹那被冻结了。

锐利的目光就如同剑，直指向言绯，让她不敢多嘴……

怎么办怎么办……

现在这个状况，她不离开绝对会惹来很大的麻烦。

只是如果她现在离开的话，等一会儿她就又得拜托大胡子帮她倒退时间了！

然而……就算时间再倒退，她有十足的把握可以让对方完全不注意到她吗？

答案只有一个——没有！

“看来，你不懂我在说什么。”

老人闭上了眼睛，他转过头不再看她，但是言绯能看得到，从他身边弥漫出黑雾，它们慢慢地凝结起来，然后就如同拥有意识一般伸出长长的触手，朝她这边飞速袭来！

“散！”

就在黑雾缠住言绯的同时，她看到南久橘气喘吁吁地跑到了门口，那双湛蓝的眸子扫过因为他的命令而撤去的黑雾还有慌张失措的言绯，言绯能看得出他眼中的阴郁浓重了几分。

“我不是让你不要跟过来吗？”南久橘瞪了言绯一眼，然后他理了一下衣服，走进了客厅，用认真的表情面对老人，“抱歉爷爷，她不是恶灵，只是来陪我过生日的。你放过她吧。”

“放过她？陪你过生日？呵……”老人不屑地轻笑，“什么生日？我从不知道，南氏的子孙会过生日。久橘，你还是小孩子吗？如果总是抱着这种无聊的想法，你可是永远都不能独当一面的。”

过生日是无聊的想法？

南久橘过十岁的生日，却被反问还是小孩子吗？

十岁，应该还是小孩吧？

起码要过了十八岁，才能算真正意义的大人，不是吗？

“是。”没有否认老人的话，南久橘只是用最简单的语言来表达他对老人的服从。

那种沉稳的口吻，过分严肃的表情，还有那凝重的目光，根本不像一个十岁的孩子能做出来的。

虽然第一次见到南久橘的时候，言绯就觉得这个家伙有点早熟，只是……

只是那个时候，他还是微笑着的。

卸下了笑容，他看上去简直就像个套着小孩的外壳，服从着一切命令的机器。

“既然你明白，那么现在，杀掉她。”

老人满意地扶着拐杖坐了下来，他无视身下凌乱的碎片，仿佛那些狼藉在他眼中毫不存在。

“爷……爷爷！她……”

“我给过她机会让她滚了，是她自己不走。哼，”

“她走，她现在就走！爷爷，放过她，她没有恶意的。”

很明显，老人的这个命令让南久橘慌神了。

他快步走到了言绯的身旁想要推她走，却无奈她是幽灵的体质，南久橘根本无法触碰到她。

而此时，言绯也完全不知所措了。

原本轻盈的身体此时沉重得让她完全迈不出脚步，飘不起来。

她只能停在原地，看着南久橘着急的神色，还有不远处，那个弥漫在老人嘴角的笑容。

轻蔑、不屑。

和那些不把她放在眼中、高傲得不可一世的元素灵，是多么的相似。

“小远！你在发什么愣，快点走！到花圃去，快点，离开这里！”

“可是……”

“哼，既然你们谁都不知道该怎么办，那还是我出手吧。”

老人用拐杖轻敲了一下地板，顿时那些碎片随着地面的颤抖竟飞了起来！

黑雾再次袭来，它看上去比之前更加的浓重，覆盖在那些玻璃片、木渣碎屑上，冒着杀意。

言绯知道，那个黑雾能够攻击到她，而那些碎片……虽然无法袭击到幽灵体的她，但是拥有实体的南久橘，他……

这个家伙，他怎么能连自己的孙子都攻击！

他——

“你到底要我说多少次才明白，滚开啊！”

失神之间，言绯被涌来的一股力量猛地推到了一边，死死地按在了墙壁上。巨大的爆破声随着她向后飞出同时轰炸而开！而原先他们站的地方，南久橘整个人狼狈地蜷缩在地上。

他的身上因为被碎片攻击，而出现了大大小小的划痕，尤其是那张苍白的脸，有刺目的血从伤口中流出，成为他身上最缺少、也最引人瞩目的色彩。

小小的个子，还带稚气的模样，却承受着一般小孩子不该承受的疼痛。

怎么会这样……

她拜托大胡子倒退时间，只是想知道为什么南久橘会预言自己的死亡。

而不是想害他受伤……他……

他咬着牙关低声轻吟，疼得根本没有力气站起来，而坐在沙发上的罪魁祸首却没有露出丝毫的自责或者心疼。

嗒——嗒——嗒——

他拄着拐杖，在这个气氛仿佛都被冻结的空间里，一点一点地走到南久橘的身旁。

“真是的，我只是想让她死罢了。你为什么不躲呢？”

“唔……爷、爷爷……”

“这样善良，这样倔犟，可不好啊。”老人幽幽地说着，他抬起了另一只没有拿拐杖的手，然后指向了言绯，“再给你一次机会，杀她，还是……违逆我？”

在布满皱纹的眼眶中，老人有一双如鹰眼一般锐利的眼睛。

如果用迟疑的目光与他对视，一定会被狠狠地刺中。

南久橘紧皱着眉头，似乎是在沉思该如何回答老人的话。

面对他的沉默，老人呵呵地笑了起来，那样的笑，充斥着太多言绯听不懂的情感，让她感觉毛骨悚然，仿佛有一双猎杀她的手在不断地逼近。

随着老人最后的笑音落幕，再一次的爆破声在这个客厅响起。

比之前要更刺耳，更吓人。

浓重的雾笼罩着整个房间，言绯吓得紧闭起了眼睛，但是她等了好一会儿，都没有等到痛觉的来临。

茫然地睁开眼睛，言绯看到了散去的黑雾之中，南久橘紧紧地抱住了老人的腿，似是在恳求他。

而言绯旁边不远处的空间出现了可怕的扭曲，那似乎是在爆破中产生的，可以吸走一切灵魂的黑洞，

是因为南久橘突然抱住了他爷爷的腿，才让他的攻击偏了位置吗?

不给言绯多思考的时间，下一秒，老人狠狠地踹开了抱住他腿的南久橘。他的拐杖重重地按着南久橘的手心。

那个角度，那个画面，言绯再熟悉不过了。她甚至可以猜得到，后面会发生什么，老人会说什么。

管家闯进来的恳求声充斥着整个房间，但是老人却根本不看他一眼。

他只是用愤怒的目光锁着南久橘，这个名义上是他的孙子、年

纪才只有十岁的孩子。

“为什么要违逆我？为什么要袒护她？我再问你一遍，你真的宁可死，也不愿意听我的话吗？”

“我真的……做不了。我会死……十八岁，十八岁生日的那天，我就会死去！你知道的，我可以预言，而预言的对象，同样包括我自己！”

“混账！哼，十八岁那天会死吗？你没有选择，就算你要死也必须得到我的同意！”

缠住言绯身上的力量渐渐散去，她凝望着眼前的画面，一点点地往后退。

半透明的身体，穿过身后的墙壁，言绯发现自己来到了那条长廊。

左右两边都盈着灿烂的阳光，只是站在中间的她毫无方向感。

原来……那个人，是她啊……

南久橘受那么重的伤也要袒护的人，原来就是她啊！

可是，为什么会这样呢？

前一个未来的她和后一个未来的她，出现在同一个时空，造就着同一件事。

最后，她又在同一点，归为一体。

她不知道，这个未来，究竟是被她改变，还是原先就是这样，这全部的一切，就是按照着那么一个规律进行着。

难道，她存在于南久橘的过去吗？

难道……

言绯沉默地低下头……她觉得自己越来越弄不明白这一切了。

言绯不知道过了多久南久橘的爷爷才走的。

她不敢到处乱走了。她像个迷路的小孩似的蹲在走廊中央，静静地看着天色从明媚渐渐转为绯红，光犹如血染一般被洒进走廊，充斥着眼眶。

窗外的鸟，带着剪影般漆黑的身姿从视线中掠过，然后随着夕阳一同消失不见，视线被黯淡的月光所笼罩。

“我不是让你到花圃等我吗？你在这里干什么。”

一抹长长的倒影穿过言绯的身体落在了木地板上，她闻声抬头，便看到了满脸贴着创可贴、绑着绷带、看上去落魄不堪的南久橘。

“抱歉。我忘记怎么去花圃了。”

前一句，是她为让南久橘受伤而道歉。

后一句，是言绯在胡编瞎扯。

南久橘眯着眼睛看了她一会儿，然后蹲下身坐在了言绯的身旁。

“其实你是吓得腿软了吧？幽灵也是会腿软的吧？”

明明脸上挂了彩，可是南久橘还是扬起了笑容，好像这些伤痛对他来说根本就不算什么。

只是，这样的笑容，言绯却并不喜欢。

她觉得胸口闷闷的，她知道自己在难受什么。

“你笑着不会觉得痛吗？”

“嗯……的确有点痛。希望不要留疤啊。”南久橘轻笑着说道，他伸手想要抓抓后脑勺的头发，只是他刚抬手就碰到了手部的伤口，言绯听到了他很轻地倒抽了一口冷气。

面对着他随后有些尴尬的笑容，言绯也忍不住笑问道："原来你怕留疤啊？"

"那不是什么好的伤口，留下来没有意义。"南久橘放下手深吸一口气，抬头望向了走廊远处那敞开的窗口，"虽然我并不是什么完美主义者，我也会失败，但是我不希望自己的身上留下失败的痕迹。因为南氏不允许，我的自尊也同样不允许。"

言绯沉默地听着他的话语，却很难想象这是从一个孩子嘴里说出来的。

尤其是那种带着笑而又认真得让人无法忽视他的话的表情，那是连言绯做不来的。

"你真的，跟他们说的一样……很奇特。"

十岁这样，八年后，十八岁的他又会怎样？

如果他继续活下去……活到她所在的那一年，二十一岁的他，又会怎样？

"哎，你真的，十八岁的时候就会死吗？"

"大概……吧。"

"大概？"

"我看到的，只是一个很模糊的片段。我看到了我会死的情节，但是……却看不到结局。也许会有奇迹改变未来吧！也许我不用死，也许，拯救我的人会出现。"

看不到结局？

看不到……真正的未来？

所以，所谓的死亡预言是可以改变的？只要有拯救你的人出现？

那么……那个人是谁?

与南久橘相连的人吗？是……

叶澜笙。

不想提及的三个字在脑海中冒出，言绯使劲地晃了晃脑袋，他才发现南久橘已经站了起来。

因为在走廊的另一边，穿着管家制服的男人已经在呼喊他吃晚饭了。

南久橘往前走了几步，然后他又停住了，回头看向仍坐在原地的言绯。

“今后你会陪我吗？”

“什么？”

“要走吗？”

“嗯……我还有其他的事，所以等会儿我就要走了。”

“是这样吗？那还会再见吗？”

“嗯！如果你没忘了我，就等我吧！我会再来的。”

“呵呵……”南久橘背过身，言绯听到了他低声的轻笑，“好吧，我等你了，记得再来。”

果然……他也察觉到什么了吧?

他难道感觉到，她不是属于这个时空的人了吗?

不可能……

言绯眯起了眼睛，她忍不住下定决心对着远去的人大声喊道:“你啊……十岁生日快乐！一年后我会再来的，记住了哦！”

没错，一年后，一年后，六岁的她与那个跟她通信的秋蓝儿开始联系时候，她会再来的。

她会找到真正的秋蓝儿。

同时……

她也越发好奇，一年后，十一岁的南久橘又会变成什么样呢？

2.

大胡子似乎算好了言绯会在什么时候回来，所以她跑到小巷的时候，时空通道已经被她打开了。

“看你的样子，今天的事应该已经搞定了吧。说吧，你现在要去哪个时间？”大胡子没有向言绯询问她今天的发现，他只是站在洞口懒散地问着她。

“一年后，我要到一年后去。”

“明白。你跟我来吧。”

由于这次是通向一年后，所以不像之前只要跨进洞口就能直接到达。

言绯在大胡子的带领下走过一条很扭曲的通道，然后才被大胡子推了出去。

小巷还是那个小巷，一年的差别只是让它变得更脏更不引人瞩目了。无视地上那堆积如山的垃圾，言绯转身就往南久橘的家快步跑去。

“喂，丫头！你这次要去多久？”

“如果我能找到我想找的人，我会晚一点回来！”

“你记得给我算好时间！你还剩三十九天了！还有剩余的十年

要调查！”

“明白了明白了！”

大胡子在言绯的身后啰唆地叮嘱着，可是此时此刻言绯根本就听不进去了。

想到她来到了当初遇到秋蓝儿的那一年，她心里一阵开心。

因为是直接来到一年后，所以今天又是南久橘的生日。不过对于十岁生日都不放在心上的南氏来说，十一岁就更加不用说了。

言绯到达南久橘家的时候，她还是最先看到了在庭院浇着花哼着曲的少女。

欣赏着比一年前更茂盛的花卉，言绯微笑地穿过楼房，凭着记忆绕到了那个被藤蔓和花充斥着的花圃。

在秋千上，言绯看到了两个熟悉的身影。

长得像洋娃娃一样的女孩坐在秋千上，她一手拿着笔，似乎在苦苦地思考着什么。

而她的旁边，南久橘正躺在草地上，不知是在睡觉还是闭目养神。

言绯想飘过去跟他们打招呼，告诉他们，她又来找他们了。

只是，她还没迈出一步，秋蓝儿的话就让她不由得停在了原地。

“啊……好头疼啊，蓝儿不会写信啦！臭久橘，你快点起来帮我啦，告诉我信的开头该怎么写！”

十二岁的秋蓝儿，仍旧任性得像个长不大的小孩，她一边鼓着红扑扑的脸颊，一边不满地左右摇晃着秋千，示意草地上的南久橘不要再睡他的大觉了！

“蓝儿都快憋了一个星期了，你快点帮我想啦！”

“写不出来你就不要硬逼，反正你的语文一直都不好。”终于，躺在地上的男孩开口了，“你就当做没收到好了。”

“不行不行！我一定要回寄给她！臭久橘，难道你就没有看到她信上写的话吗？她一直都和奶奶生活在山上，没有其他年纪相仿的朋友，只是偶尔能看到来山上送货的大叔大妈！这样好寂寞，不是跟我们一样吗？”

“莫名其妙寄来的信，你怎么知道对方没有骗你？也许是诈骗集团也说不定。”南久橘想都没想就否定了秋蓝儿的话，“而且，我才不寂寞。”

“哼，你就死鸭子嘴硬吧！也不知道是谁，整天算着日子等着谁来找你。”

“秋蓝儿！”秋蓝儿的话让南久橘一下子紧张了起来，他猛地坐起来，提高了音调，“好了好了，我知道了，我帮你想怎么回信啦！”

“真的？”

“是啦。首先，你先在信上写好你的名字、年龄、住址，这样对方收到你的回信后可以再来信。嗯，你就写‘你好，我叫秋蓝儿，今年十二岁，住在……’”

再熟悉不过的内容飘过言绯的耳朵，原先被她看得快烂掉的纸上的内容，此时却配上了声音。

一个还带着几分童音，但仍旧很好听的声音。

言绯静静地听着不远处南久橘说着她脑海中的内容，看着秋蓝儿笨拙地将纸贴在自己膝盖处，慢慢写着字的模样……

隐隐地……有一种酸涩的感觉从指间蔓延，然后通过血液，通过神经，流淌到她的意识里……

“你……真的是秋蓝儿？”

那个住在这里，与六岁的我通信的秋蓝儿？

可是……她长得像小一啊……

她……

“啊！小远，你……”

秋蓝儿看不到她，也听不到她的声音，但是南久橘可以。

他瞪大了眼睛看着不远处的言绯，不等秋蓝儿问他怎么了，他就猛地爬了起来，快步跑到了言绯的身旁。

“小远？”

“啊……你好啊，南久橘。”言绯一边尴尬地朝着南久橘打招呼，一边不禁打量起他来。

一年的时间，南久橘的样子没有过多的改变，如果非要说有什么不同的话，他的个子稍许拔高了一点。

从原先只到言绯胸口到现在只差她一个脑袋。

南久橘似乎很开心见到她，只是他突然跑来跟言绯说话这个行为让看不见言绯的秋蓝儿很困扰。

她往他们这边来回打量了一番后，然后伸出了手，示意他们快点过来："是臭久橘那个看不见的朋友来了吧！嘿嘿，来了正好，呐呐，一起来帮我想回信好不好？"

南久橘有通灵体质，所以看到幽灵这件事对他来说并没有什么值得惊讶的地方。

而秋蓝儿虽然看不到，不过一直住在南久橘家里，对于幽灵这一存在物也完全见怪不怪了。

言绯不知道该怎么拒绝，所以她只能跟着南久橘飘到了秋蓝儿的旁边。

那张被秋蓝儿捏得有些皱的纸上已经写下了一排个人资料，有些扭歪的字体和言绯记忆中的一模一样，她几乎可以想象得出下面大片空白的地方会出现什么内容。

“我很高兴可以收到你的信，和你成为朋友，我……”

言绯毫无意识地将脑袋里的文字念出来，让她想不到的是，南久橘在听到她的低喃后，竟然全部复述给了秋蓝儿!

然后……

看着秋蓝儿写完信，带着满足的笑容将信纸放进信封里，言绯忽然有些想不通了……

等等！这是怎么回事?

六岁那年她收到的信不是秋蓝儿写给她的吗?

为什么现在这个状况却变成，信的开始是南久橘想的，后面内容却是她自己说的?

那除去一切关于秋蓝儿的内容，这信最开始岂不是她自己写给自己的？！

可是……这么多年来，这么多年来，她那么期待遇见的秋蓝儿……

实际上却没有真正意义上跟她说过一句话?

“不会是哪里搞错了吧？”

不会的，不会的！

肯定是哪里弄错了，下一次的信肯定是秋蓝儿写的！

她得仔细想想，她是等了多久才收到回信的！

言绯抓狂地想着如何算准下一次信件送到的时间，而全然忘记了另一个很重要的问题。

为了算准第二封信来的时间，言绯这次在南久橘的家多停留了一天，直到第二天秋蓝儿托她姐姐把信送出去，言绯才和南久橘暂时告别，接着心急火燎地跑去找大胡子。

言绯记得，六岁的她是在秋蓝儿他们送出信件之后十天左右收到信的。

那时候的她兴奋得一个晚上都没睡着觉，连夜写出了足足有三页的信，然后等到第二天天一亮，她就跑到山脚下，拜托一个大叔帮她送回信。

之后再加上几天工夫的话……

“大胡子，快点儿把我送到半个月后！”

“半个月后？那么急……你是发现什么了吗？”

大胡子看着言绯急促的口吻终于问了她最近发现了什么。

只是他的问话让言绯一愣，忽然答不上话了。

啊……糟糕，她在干什么啊！

她回到过去是为了调查南久橘的事，了解他从十岁到十八岁里到底发生了什么事，最后结果又如何，而不是借机来这里找秋蓝儿的……

她竟然完全忘记了初衷，陷入了寻找秋蓝儿的思路中！

呃……现在该怎么办？

看着大胡子变得有些怀疑的目光，言绯不禁哈哈地大声傻笑起来：“的确是有一点儿发现啦……啊哈，你快点儿把我送到半个月后吧……”

言绯知道只要大胡子再继续追问，她一定会乖乖投降，说出自己忘记了主要目的。

可是大胡子并没有继续追问，他只是提醒了一下言绯，让她注意时间，然后又再度开启了时空隧道。

来到了半个月后，言绯再次跑去南久橘的家。这次南久橘对于她的到来并没有露出像上一次那样开心的表情了。

彼此就像是习惯了一样，互相打了一声招呼，就各干各的去了。

言绯除了等待第二封信送来之外，她几乎二十四小时都跟在南久橘的旁边，寻求着能够有什么发现向大胡子和蓝泽他们交代。

然而，之后的五天里，日子平静得什么都没有发生。

南久橘除了偶尔会陪着秋蓝儿在花圃玩之外，其余的时间他不是被管家送去考试，就是待在房间里学习。

有足够多的时间在南久橘的房间里无聊地乱侃，很快……言绯就在这个不大的空间里发现了很多让她抓狂的事。

比如南久橘竟然拿元素师的执照垫桌子！预言师的证件做杯垫！

而它们能被拿来用，还是万幸的，因为还有更多的证件被南久橘丢在废物废品一栏里！如果平时管家帮忙扔垃圾的时候不多看几眼，这些证件就被当做垃圾给处理掉了！

“你知不知道很多人考这些职业有多辛苦？”

比如说她，还被赶到过去，来跟他们这些明显有代沟的人生存在一起！

“你考了元素师的执照，却不找元素灵签订契约，其他的职业对你来说看上去也没有什么用。你考那么多，究竟是为了什么？”抓狂地蹲在南久橘的桌子上，言绯将整张脸放大数倍地伸到了他的面前，“如果无聊的话，出去玩不是更好吗？难道你有读书强迫症之类的毛病？”

“够了够了，小远你越说越扯了。我才没有读书强迫症这样吓人的病呢。”南久橘被言绯烦得不行，他终于放下了手中的书，然后伸直双手大大地伸了个懒腰，“我从来没有说这些职业对我没用。真正没用的只是那些文凭罢了。”

“文凭？”

南久橘点点头，他拿起杯子下的预言师证件，随意地扇了扇：“我的能力不会因为我有没有这个东西而改变。它的存在只是证明我的能力得到了一些自以为权威的人的认可罢了。”

有比半个月前更长时间的观察，言绯这才察觉到，半个月不见，南久橘说话的语调比之前犀利得多，只是他脸上的笑意却比从前僵硬多了。

除了之前看到言绯再次来到以及陪着秋蓝儿的时候，他会笑得比较自然之外，其余的时间，明明他的嘴角挂着笑容，可是那个笑却漫不到那双湛蓝得宛若蓝宝石一般的眼睛之中。

他的瞳孔中似乎有什么阻挡着，让外界无法看到他眼中的世界。

研究的报告只有一个，南久橘在长大。

可是这样的长大，似乎只是让南久橘更加地接近那个让她讨厌万分的冰冷的叶澜笙罢了。

言绯想告诉南久橘，她不喜欢他这半个月的改变，只是看着对方眼中的沉默，她最后还是将嘴边的话咽了下去。

她似乎，也没有什么资格说什么喜欢不喜欢这样的话。

南久橘也并不是她的谁。

不是吗？

心里有了小疙瘩，言绯越来越难在南久橘的房间待下去了。

幸好，很快第二封信又来了。

看着六岁的自己那时激动万分写的三页纸，言绯简直要挥泪了。

可是……

“唔……臭久橘，快点教我，该怎么回信？她给我写了三页纸，三页唉！可是我连一句话都憋不出来……怎么办嘛！”

秋蓝儿一如既往地跑来跟南久橘求救，而当他看到言绯六岁时写的回信后，也整个人沉重了。

“如果要等量地写……的确，很艰难啊。”

“就是啊！三页纸，如果一页纸写两百字的话，三页就是六百字，最重要的是，三页她都写了正反两面。那么多那么多，蓝儿根本不知道该怎么回应她！我根本就没有一口气写过那么多的话！”

看着两个只有十一二岁的小鬼因为一个六岁孩子写的长信而头疼，言绯此时不知道该哭还是该鄙视他们。

虽然第二封信六岁的言绯是隔了将近两个月才收到的，但是这么多年来她一直都以为，秋蓝儿收到她的信是很开心的。

因为，她收到的是比她所写的要多一倍的内容，而且信上面的字，也比言绯第一次收到的回信要漂亮好多倍。

就像是秋蓝儿为她刻意练过字了似的。

总不见得……这封信也是她自己写给自己的吧？

言绯瞥了一眼在花圃中头疼的两个人，下一秒她立刻否认了自己的想法。

不可能，那封信不是她的笔迹！这次她说什么也不要漏嘴了，她就要看看，时隔两个月她收到的回信，他们究竟是怎么憋出来的！

言绯认真地想着，只是这次和上次一样，她又忘记了一件很重要的事。

重要到当她某天回想起来，她才意识到，一切……

都太迟了。

3.

虽然南久橘很想帮秋蓝儿想回信的事情。

不巧的是，当天晚上，他就收到加急信函，上面要求他准时参加某正职的考核。

“这个职业我没听说过……哎，南久橘，你大概要去几天才能考出来啊？”言绯飘在半空中看着南久橘手中的信件，忍不住问道。

“我对于这个职业并不是很了解，可能需要一整天才能搞定吧。”

“不是很了解，所以要一整天吧？”

呃……一天的概念对于南久橘来说很长吗?

言绯很想问南久橘，他十一年所考的职业中，哪个花的时间最长?

只是她还没来得及问出口，南久橘就合上了信件，抬头看向言绯:“小远，明天你还不会走吧?”

“嗯，最近不会。”

“那你就在家里休息吧，别跟着我。正职考核的地方通灵的人有很多，如果他们弄错了什么就麻烦了。”

是害怕他们跟他爷爷一样，把她当做不好的幽灵吧?

言绯了然地点了点头。

反正正职考试都是在那些考官监视下的，南久橘不可能会出什么事。

于是，第二天一早，管家就开着车送不能长时间直晒太阳、不能独自外出的大少爷南久橘出门了。

家里没有人能帮助秋蓝儿，她发呆一个上午也写不出一个字，无奈最后在她姐姐的提议下，她们决定出门去问问附近一个做老师的邻居，看他对写回信有什么想法。

待在空无一人的房间里，言绯一如既往地在屋子里飘来飘去，一会儿跑到前庭追着根本扑不到的蝴蝶玩，一会儿跑到花圃。

言绯无趣地等着南久橘他们回来，这天过得很快，快得言绯感觉她只是一走神，一天就过去了，快得到了晚上大家也没能回来。

看来，这次南久橘拿到的任务还真的有些麻烦呢。

希望不要是什么去未来这样坑人的任务。

不过……秋蓝儿为什么还没有回来？她只是去找邻居闲聊，不是吗？

那么邻居留她住宿了？

幽灵在晚上也是无眠的，看着了无生气的房子，无所事事的言绯不想再白白地浪费这几个小时，所以她决定出去找大胡子，让他把时间调到第二天早上。

然而她才飘到大门口，就看到了从轿车里走出来的南久橘。

他一抬头就看到了言绯，考虑到管家也在，所以南久橘并没有马上和她说话，他以停车的理由支开了管家，接着他才走上前，将宝蓝色的眸子对向了言绯。

“你要走了？”

“啊……不是，只是有点无聊所以出来看看啦！”想当然地否认了他的猜想，言绯将话题转移到了南久橘的身上，“你的考核结束了？”

南久橘点点头，他从口袋里掏出了一个手掌大的证件，在黑色的皮面上用镀金的字赫然地写着他这次考核的职业。

“虽然有点超出我的预计时间，不过我是今天唯一考出证的人，所以心情还不错。”

说罢，他像个等待表扬的小孩一样扬起了嘴角，弯起的眼眸间，瞳孔盈着皎洁的月光，仿佛它的自身就会发光一般。

不知为什么，看着他，此时言绯很想摸摸他的脑袋，跟他说“干得好”。

无奈她刚伸出手，看到自己半透明的手时，还是尴尬地收了回来。

“你这家伙果然厉害得不是人！这个世界上应该没有什么能难倒你吧？你拿到证的时候是不是把那些跟你一块儿考试的大哥大姐大叔大妈给气得半死？”言绯八卦地将脸凑到了他的面前，故作期待地问道。

南久橘看着她的反应，先是莫名地一怔，紧接着哈哈大笑了起来。

她说错什么了吗？有什么好笑的？

“小远，你说这话的表情好好笑，脸颊一鼓一鼓的，看上去比我更像个小孩子呢！哈哈哈……”

“喂，什么叫小孩子！我已经十六岁了，十六了！要大你足足五岁呢！”

莫名其妙地被一个十一岁的小孩子笑话，言绯简直快要抓狂了。他根本就是变相地说她幼稚！

啊啊啊……她好想捂住他的嘴巴，让他不要再笑了！

“可你是幽灵体，你的年龄不会再改变，而我是会长大的。也许再过两三年，我就会比你高，再过五年，我就会跟你一样大，然后再过几年，我就会比你大的！所以，到时候就轮到我叫你小孩子咯！”

“你——哼，反正你长到十八岁也……啊！”

话毫无意识地脱出口，她说了一半才意识到自己说错话了。

言绯慌张地打量着南久橘，他依旧笑着，似乎并不介意她的话。

气氛一下子安静了下来，言绯僵硬得不知道该不该主动打破冷场。

迟疑之间，她听到南久橘慢慢地说道：“会改变的。”

“改变什么？命运？你又预言了吗？”

南久橘摇头，他的视线撇到了从车库的方向走回来的管家，随即他脸上那轻松自然的笑容在瞬间就消失得一干二净了。

“我要进屋了。如果你想出去逛逛的话，记得注意安全，早点回来。如果你又要离开这里的话，在之前跟我说声再见就好了。”

假借着出去散步的借口，言绯跑去找大胡子把时间调到了第二天早上。

因为不特别赶时间，所以这次言绯是很悠闲地飘到南久橘家的。

只是，飘进大门的时候，她却隐约地感觉到了气氛有些不太对劲。

往客厅飘的时候，她意外地听到了南久橘的大声斥责声，这是言绯第一次听到他用那么抓狂的声音说话。

“蓝儿不是留纸条说她去哪里了吗？为什么你还会找不到？！”

“少爷……”

“附近的那几家你问过了吗？不可能两个大活人一下子就不见了！你再去看看！”

命令的口吻下发，管家从客厅里绕了出来，径直从言绯的身边穿过，出了家门。

发生了什么？蓝儿怎么了？

困惑地飘进客厅，言绯看到南久橘用拳头狠狠地敲击着墙壁，巨大的敲击声响彻在耳边，听着倒有几分吓人。

“南……久橘？”

言绯担忧地飘到南久橘的身旁，这次她没有看到对方的笑容，相反，扫向她的是锐利如剑的目光："昨天白天你一直在家吗？"

"嗯，我在。怎么了？"

"你知道秋蓝儿去哪里了吗？"南久橘从桌上拿起一张写着字的纸条伸到了言绯的面前，"是上面说的这个地方吗？"

言绯大致看了一遍："秋蓝儿不知道该怎么写回信，所以她姐姐就提议带她出去问问做老师的邻居。她们是昨天中午吃完午饭才出门的，现在还没回来吗？"

"是的。我让管家按照上面的地址找过了，但是他们告诉我，蓝儿根本没有去那里。她姐姐那边我们也一直联系不上。换句话说，她们失踪了。"

CHAPTER 08

屏障之后

1.

这个城市虽然不能说很大，但是要找两个完全不知该如何联系的人，却是非常困难的。

最重要的是，他们现在谁都不能确定，秋蓝儿和她姐姐有没有遇到什么危险。

一整天，言绯都陪在南久橘的身旁，待在家里着急地等待着管家回来。只是……让他们怎么都想不到的是，管家也没有再回来！

临近夕阳的时候，南久橘收到了一封加急信件。

很大的信封里只有一张纸，上面用冷酷的文字写着：

失去利用价值的废物不需要再回来了。新的管家和女佣，今天晚上就会来报到。

信的末尾没有落款，但是从南久橘愤怒的表情中，言绯已经可以大致猜到这个加急信件是谁给他寄的了。

该说什么呢？

该怎样安慰他呢？

南久橘坐在椅子上，他捏着信，久久都没有说一句话，但是言绯能感觉得到他的身体在颤抖。原本就不高的个子，坐下来就更加的渺小，小到言绯只要张开双臂，就可以将他整个抱进怀里。

如果，可以触碰得到的话。

“我早该想到了……我这个笨蛋……”不知过了多久，言绯终于听到了南久橘的声音。

那种带着自责口吻的自言自语声，听得言绯一阵心酸。

“南久橘……”

“爷爷他不可能放过我的……是我害了蓝儿他们，是我……浑蛋！”南久橘愤怒地低吼着，他抬起头，看向站在他旁边不知所措的言绯，“你快点走吧，不要再来了。”

“啊？为什么？那个，南久橘……你没事吧？我可以留下来陪你的，虽然……”

虽然，她全部的时间，一共也只有四十天罢了。

南久橘摇头，他长叹了一口气：“你还不明白吗？写信给我的人是我的爷爷，他要控制我的一切行为，因为之前的管家和女仆让他很不满意，所以他们都被替换了。虽然我不知道这次来的人如何，但是，经过一年前的事，我相信他们肯定会有通灵的能力。”

“通灵？你的意思是……”

“如果他们看到你的话，很有可能会抹杀你。”接着言绯的话说下去，南久橘缓缓地站了起来，那双湛蓝的眸子盈着窗外绯红色的光，瞳色显得不似原先那么纯粹了，“我很感激这些日子你的陪伴，不过我保护不了你，你走吧，别再来了。”

保护不了你……你走吧……

如果保护不了，就必须离开的话……

那么她……

“因为管家说过，哥哥或者姐姐，是要保护弟弟妹妹的。而我，想要保护蓝儿。所以她在我心目中，是我的妹妹。”

记忆里，有一个人曾那么坚定地跟她说着。

那时候她总觉得他有些大言不惭，而现在……

“你不想救出秋蓝儿吗？”

在说出这个话的时候，言绯感觉自己大概是疯了。

她明知道，自己的存在是应该在过去沉默不语，不试图改变，不试图怂恿的，可是现在……

秋蓝儿，南久橘。

一个是她牵挂了那么多年费尽心思想要寻找的、心中最重要的朋友。

一个是连她自己都不知道该如何定义的小鬼……

她那么想帮他们，即使……是用她只拥有的剩下的三十一天时间。

即使可能她的考核会因此完全泡汤，即使她还要受到惩罚。

“你愿意……跟我一块离开这里吗？”

“离开？可是我的体质决定了我不能长时间地晒太阳。离开了家，白天我该去那里？”

“我知道一个……可以让你白天躲藏的地方。并且，在那里我们一定可以找到秋蓝儿，我有百分之五十的把握。”

“哪里？”百分之五十的把握，只是这一句话，让南久橘的眸子中一下子凝起了激动的神采。

“幽灵树海。”

没错……就是那里。

被她遗忘了那么久的地方。

被她遗忘了那么久的细节。

秋蓝儿长得很像小一，她出门前穿的衣服，也很像小一身上穿的。

如果秋蓝儿就是小一，并且她注定要第一个死在幽灵树海里的话，那么……

他们等在那里，就一定可以阻止这件事的发生！

然后，未来……

就会因此改变吗？

但是，改变未来的前提是，他们要离开这幢房子，然后找到幽灵树海。

黄昏时段的太阳光不会太强烈，是有利于南久橘离开的，但同时又不利于他们逃脱，因为言绯从南久橘房间的窗户看到了门口穿着制服准备开门进来的新管家！

在南久橘家晃荡了这么多天的言绯非常清楚，他家出口除了那扇门，其余的只有窗了！

而现在很明显，他们是不能去一楼的。

“南久橘，你跳过窗吗？”听到了门把扭动的声音，言绯着急地问道。

二楼的高度是摔不死人的，只是……

言绯下意识地看看南久橘的个子……这点高度对于十一岁的他来说，似乎还是有点勉强。

“放心，你别忘了，我可是拥有很多职业能力的。”

南久橘看出了言绯的担忧，他踮起脚尖拍了拍言绯的肩膀，然后转身绕到了走廊一处靠近花圃的地方。

他动作敏捷地跳上窗台，随后的第二秒，缠绕在竹竿上的几条藤蔓忽然竖立了起来，它们成螺旋状扭成了一条很粗的藤条，一边快速地伸到花圃对面的围墙上，一边伸到南久橘所在的窗口，死死地缠住了窗沿。

南久橘将脑袋探出窗口，然后稳稳地站到了藤条上。

他伸直了双臂，就像走钢丝一样，慢慢地朝藤蔓的另一边走去。

“啊……南久橘，你小心一点，别摔了！”

飘在他的身后，言绯担心得要死，可是南久橘听到她担忧的话语，嘴角却扬起了一抹自信的笑：“放心，它们不会让我摔倒的。”

似乎是为了证明他所说的话，南久橘故意倾斜了一下身体，就在他的身体失去平衡要摔下藤蔓的时候，缠在花圃另一边的藤蔓就迅速地伸了过来，缠住他的手臂，拉住了向一边歪倒的南久橘。

藤条就像拥有意识一般，死死地拉住南久橘，直到他站稳了脚才松开。

“好神奇……南久橘，这是什么能力？”

“嗯，让它们听从我的智慧，应该可以算是予魂术吧，不过我这是违规操作。”

予魂术？违规操作？

言绯听不懂那些专业词语，不过这都不重要，能离开这里最好！

“不过，你能不能走得快一点？现在你的速度有点慢，他们很快就会……”

“少爷，危险！快点进来！”

哎呀呀，她这个乌鸦嘴！刚想说“他们很快就会找到你的”，想不到她就听到了新管家抓狂的喊声。

站在藤蔓上的南久橘一惊，他连忙加快了脚步。与此同时，更有无数的藤蔓从花圃的架子上快速延伸出来，它们在半空中织成一片密不透风的网，快速地遮住了窗户，阻碍了对方的视线。

只是这次来的人一点都不好对付。

藤蔓根本无法阻拦住他，它们覆盖住窗户还没有半分钟，翠绿的藤蔓就开始一点点地枯萎！在藤蔓之间的缝隙中，言绯听到了从窗的对面传来的低吟声。

那是她听不懂的预言。

“让树灵枯死的咒语……果然，他有通灵的能力！小远，你到我前面来！”好不容易从围墙上跳到外面，南久橘赶紧呼喊言绯，让她不要在他身后，“你说的地方在哪里？我们要多久才能到？”

“多久？嗯……如果用跑的话，大概一个小时就可以到吧？南久橘，你……”

言绯没有明确算过去幽灵树海的时间，因为她总是慢悠悠地走过去再走回来。

对于不会感到疲惫的幽灵体质来说，加急运动和散步没有任何区别，但是南久橘……

蓝泽说过，他的身体并不太好，不能长时间地晒太阳，更不能长时间地运动。再加上现在身后还有一个看上去很厉害的新管家追着他们……

“不要担心，你只要用你最快的速度往前跑就好了。我会跟上你的。”

“真的？你的身体……”

“快跑吧！我没有你想象的那么弱，这一年多，我也是有好好锻炼的。”

既然南久橘都这么说了，言绯也不好再多嘴。

她只好凭着未来的记忆，快速地往幽灵树海的方向飘去。

不得不说，南久橘在应变上的能力还是不错的。

在跑去幽灵树海的路上他一直都在观察着路边的车辆，并且成功地“借”用了一辆符合他此时身高使用的小型女士自行车。

有了两个轮子作辅助，他的速度明显提快了很多。当起风的时候，他的速度更是能快过言绯，这让她不禁有些郁闷。

他真的是蓝泽所说的那个不能长时间运动、体能不太好的南久橘吗？

或许是感应到了言绯的困惑，南久橘抬手，轻念了一句咒语，空气中顿时浮现出了一行字：

只要巧妙使用能力的话，我还是挺厉害的。

这小子……他是在自恋吗?

言绯白了他一眼:“我看你现在已经累得说不出话了吧，所以才用空气写字。”

南久橘没有反驳，他低头，默认地笑了笑。

那种因为疲惫而毫无防备的笑容衬着他苍白的脸色，还有那拢着月光的白发，不知为何，言绯竟在一瞬间看得失神了。

她一直都知道，南久橘长得很好看，那种好看会让每个凝视着他脸蛋的人都不由自主地入迷。

可是，让她失神的，却不是南久橘的容貌，而是他的笑。

那种渐渐接近她记忆中某人的笑容。

就像是……哪里弄错了似的。

2.

为了不让追赶南久橘的人抓到他，好几次在察觉到对方逼近的时候，言绯他们都不得不故意绕远路避开他们。

然而，不管言绯他们甩掉那些人多少次，他们总能在很短的时间里再次逼近。

在不断地接近、逃开，再接近，再逃开的过程中，有种被对方当做玩具的感觉渐渐在言绯的胸口蔓延开来。

虽然很讨厌这样的感觉，但是他们谁都没有选择，尤其是跟着她逃出来的南久橘。

他的体力在严重地消耗着，有好几次，他都因为集中不了精神而踩空脚踏板，若不是言绯惊呼他的名字，他就会从单车上直接摔下了。

这么一个地方，言绯曾经无数次想要从里面逃离出去，而现在，她却那么迫切地想要到达那里。

终于，在南久橘精疲力竭之前，他们终于来到了幽灵树海的入口。

从脚踏车上走下来，南久橘整个人无力地倒进了树海里。

言绯想要飘到他旁边，告诉他快点爬起来躲到林子里面去。只是，她才往前迈出一步，无形的墙壁就将她阻挡在了外面！

糟糕，她竟然忘记了！

幽灵树海只有拥有实体的人可以随便进出，而外界的幽灵是无法进入到里面的！

那么，上次她以幽灵形态是怎么进去的呢？

言绯得不出答案，同时，也没有人会等她慢慢思考。

远远地，她看到了追赶而来的人手中的灯光。

言绯不知道那个人有没有通灵的能力，她只能祈祷对方不要那么快就发现她。

“南久橘，你起来！快点，别给我脏兮兮地躺在地上。”言绯拼命地拍打着空气墙，对着躺在地上呼吸混乱的南久橘大声地喊道，“你堵在门口，我都不能进去了！你快点给我起来，往里面走啦！浑蛋。”

“你是……幽灵，我怎么可能挡你的路。”

南久橘缓了好一阵，他才慢慢地坐起来看向了言绯。

被他看着，言绯赶紧收回了敲击空气墙的手。

“会啦会啦，你快点起来，我现在跟你说正事，你给我仔细地回答。”言绯不想让南久橘知道她进不来，万一他也走出来，那就糟糕了，“你已经考出了元素师的执照对不对？”

见南久橘听话地站了起来朝她点头，言绯赶紧接着说：“那么，你现在有可以和元素灵签订契约的能力吗？”

“嗯。小远，你为什么突然问这个？”

“这个林子里住着地嗜灵，洛德，你到里面去，如果等会儿追赶你的人跑进来，你实在躲不了，你就试试看能不能唤出洛德，让他把你送到幽灵树海另一边的出口。”

洛德可以帮她逃过雾淼、炎魉还有叶澜笙的追击，将她送到她之前在树海里怎么绕都找不到的出口。

如果这次洛德也能帮南久橘的话，那他一定可以逃过追赶。

“我躲不过？小远？你不跟我一块进来吗？”

“啊，南久橘你不要出来啦！我只是想绕个远路啦，我们一起跑的话，被同时抓到的概率可是很高的！”

言绯慌张地看看他，再看看逐渐逼近的灯光，她的思绪简直乱成了一团。

“你快点进去，我知道幽灵树海还有另外一个出口，我到那里去，我……”

“你说谎。”

“什么？”

“如果还有另外一个你能找到的出口，你不会让我去找洛德。”

这个臭小子，现在脑袋突然那么好使干什么！浑蛋……快点往里面走啦！他们要来了！言绯在心里无声地喊着，可是她却毫无能力再帮助南久橘。“叫你往里面走你就往里面走，废话那么多干什么！你……”话来不及说完，言绯就感觉身后有什么东西贴近了她，她刚想回头，一个细长的黑影就迅速地从后面蹿了出来，没有给她丝毫逃脱的空隙，言绯的脖子和手腕就被死死地缠住了！

然后，言绯被一股来自身后的力量猛地拖到了离出口好几米远的地方！

自然世界里，一般东西是抓不住幽灵的，除非是有人用了通灵的能力……

而那个人……

“少爷，天已经黑了，躲猫猫的游戏到此不知可否结束了呢？”

穿着管家服装的男人从言绯身后走了出来，他一点点地逼近幽灵树海的入口。

同时逼近的，还有无形的压迫感。

“你……放开她！”

“抱歉少爷，我可不能让这么一个麻烦的家伙留在少爷身边呢。”男人的口吻中带着轻佻，虽然话中称呼南久橘为少爷，但是言绯看得出，这个家伙并没有把他当做主人。

他的眼中全是嘲弄。

“南久橘，你往里面跑，不要管我，我没……没事的。”

言绯在最后三个字上加重了语调，并不是她想要强调什么，只是缠在她手腕上的力量在一点点地束紧，有一种骨头就要碎裂的疼痛不断地侵袭着言绯的意识，让她不得不咬紧牙关说话。

“小远……”低喃着言绯捏造的名字，南久橘混沌的眸子一下子变得清澈了，他皱起了眉头，“你跟我一起走。”

就像是下定了某种决心，南久橘将手贴在了身旁的一棵树上，然后他快速地念了一句咒语。

大树粗壮的枝干就在一刹那快速生长，锐利的分杈顶端猛地蹿出，朝着管家男的心脏处快速扎去！

管家冷笑了一声，他侧身轻松地避开了树尖的攻击，可是在下一秒，来自另一边的攻击就狠狠地刺穿了他的左掌心！

连着粗枝干的小细枝就像交错相通的血管，它们加速生长，从男人的手心一直爬向他的脖子，他的胸膛，盛开出一片片翠绿的叶子。

男人刺耳而痛苦的声音从树枝间传出，如同荡开的涟漪，一声一声地回荡在夜幕之中，随着它的渐渐淡去，缠住言绯的力量也散去了。

“过来，小远。”

第一次，言绯在南久橘的眼中看到可怕的杀意。

第一次，她开始意识到，面前这个十一岁的家伙，根本就不是一个孩子……

夜晚清冷的光笼罩着他，映亮他银白的发，散发出阴冷的气息。此时的他看上去就像夜幕中那吓人的白色幽灵。

“我……”

“她可过不来。”

一个熟悉的声音打断了言绯的话，言绯看到在光的另一边，她一直没有多留意的黑暗处停着一辆轿车。

从里面走出了一个拄着拐杖的老人。

他似乎已经看了很久的戏了，只是在等一个合适的时机出来。

而在车的另一边，走出了一个穿着西装戴着墨镜的男人。

他的手中死死地抓着一个被捆绑起来的女孩，粗胶带贴住她的嘴巴，让她发不出呼喊声，可是通过那双漂亮的眼睛，言绯还是可以看到她的惊慌与失措，以及那被照得晶莹发亮的泪花。

她应该生活在漂亮得如同童话世界的花圃里，她应该坐在秋千上，无忧无虑得像个公主一样……

她应该……

“蓝儿？你想对她做什么！”宝蓝色的眸子一点点地瞪大，一点点地被情绪吞噬，“放开她！”

“这就是你对爷爷该有的态度吗？”

老人皱了下眉头，他不屑地轻敲了一下拐杖，顿时缠绕在管家男身上的树枝就在顷刻化为了粉末。

随即，他就像失去绳线的木偶一般瘫在了地上。

“我还以为他可以牵制住你，结果还是一样，是个废物。”老人故作失望地说着，伴着他的话音落下，一枝比刚才那个扎进男人手心粗一倍的枝干重重地从上空坠下，猛地扎进他的心脏。

没有任何挣扎的空间，男人只在瞬间就没了呼吸。

有液体从男人的身下流淌而出，只是言绯看不出它的颜色，她也不想去揣测那是什么。

她僵硬地将双手抵在因为恐惧而扑通扑通乱掉的心口上，她不知道在下一秒，是否有什么东西也会这么快地刺穿她。

“作为我的孙子，你应该这样做才能斩草除根。”

气氛一下子冷场了，陷入诡异的怀抱。

老人拄着拐杖，往前慢慢地走了几步，让自己的身影完全地暴露在南久橘的眼前。

“想要叛逆的话，你现在……还不够资格啊。”

一如一年前南久橘面对他爷爷的模样，他整个人都僵硬在了原地，不逃跑也不挣扎，就像被按了暂停键的机器一般。

言绯很想去帮助南久橘，可是在这种时候，她根本就想不到任何办法。

赶来的人手立刻趁机反扣住南久橘的双手，粗鲁地将他拖到了老人的面前。

“我现在很生气，不过我还是想给你一个解释的机会。告诉我，久橘……是你想要离开，还是……她，还是……她引诱你？”

老人慢慢地说着，他如鹰一般锐利的目光扫向了泪眼婆娑的秋蓝儿，还有被遗忘在一旁毫无攻击力的言绯。

有点脑子的人应该都听得懂老人的话意。他在告诉南久橘，如果不想受伤的话，就把责任都推给别人。

可是，他却没有得到他想要的答案。

“放过她们好不好？”

“什么？”

“是我自己想要离开的，这与她们没有任何关系。放过她们……求你。”

用着卑微的口吻，南久橘深深地低下了头，他试图向老人乞求，可是他的话只是让对方更加愤怒。

老人弯下身，一把抓住了南久橘的衣领，强迫他的脸对视他的怒容。

“你知道你在说什么吗？你是在反抗我吗？呵，很好，看来我更加不能留着她们了。”

“爷爷，你……”

“你……把她丢到祭坛里去！”老人回头看了一眼抓着秋蓝儿的男人命令道。

没有人敢否定老人的安排，看到毫无反抗能力的秋蓝儿被高大的男人拖进不远处的幽灵树海，南久橘的脸上露出了又慌张又茫然的神色。

他不知道祭坛是什么，但是言绯知道。

那是堆放着红色石头的泥潭，而在泥潭下，这么多年来，洛德一直都在接受着祭品。

凡是在祭坛中死去的人，他们的灵魂将失去一切记忆，永远留在幽灵树海。

而秋蓝儿……则是第一个在祭坛中死去的人！

“不行不行！南久橘，你快点拦住他们！他们要杀掉秋蓝儿，快点！”

言绯放声大喊，她条件反射地想要跑去拦住黑衣男人，可是她根本没有那个资格。

他们只是那么径直穿过她，大摇大摆地走进幽灵树海。

“你要杀掉蓝儿？爷爷！”

“放心，我会给你机会看着她死去的。”

他的话音落下，扣着南久橘的人立刻明白了他的意思，他们跟在老人的身后，也把南久橘拖了进去。

混乱的场面一点点安静下来，转眼间，幽灵树海的入口处，只剩下了惨死的管家男。还有……

被阻拦在空气墙外的言绯。

秋蓝儿会死掉……她会死掉……

那么南久橘呢？他是第几个？第二个？还是第三个？

不行……不可以这样……

蓝泽明明说过，南久橘是在十八岁才下落不明的！可是他现在才十一岁，才只有十一岁啊！

都是她，都是她自作聪明地把他带出来！

言绯使劲地敲打着无形的墙，她想要进去，就算无法给予南久橘任何帮助，她也想要进去，而不是这么无能为力地待在外面惶恐不安地等着结果。

为什么，为什么只有她一个人的时候，她永远进不去……

可是上次明明可以的。

上次……

“拜托……让我进去！拜托……”

不管是谁……放我进去……不管是谁……

洛德，那个说会成为她力量的人在哪里？

洛德……出来……不要接受秋蓝儿这个祭品，不要……

也许，十年后，洛德会听到她的声音，他会出来，告诉她，他会保护她。

可是……十年前，也许对于洛德来说，她什么都不是。

所以……

“你知道你在做什么吗？”

大胡子的声音响在了言绯的身后，然后……同为幽灵体的他抓住了言绯，将她拉离了空气墙。

“如果你进去了，你就改变他的命运了。”被毛发遮蔽的脸上只露出一双带着警告神色的双眸，低沉的嗓音回荡在林子口，淹没了言绯心中的呼喊。

“如果……我进去了，命运就改变了？”

那么，现在所发生的一切，都只是按照原先的路子在走吗？

不可能……

那她算什么？

一个无关痛痒的配角？

一个可有可无的幽灵？

不管她做什么，说什么，对南久橘来说，都没有任何影响？

“这就是他的命运。他现在还不会死，你放心吧。”

“那……秋蓝儿呢？她会不会死？”

大胡子凝视了言绯一会儿，他沉默不语的模样已经间接回答了言绯的问话。

对啊……

应该，已经死了吧？

有些结果，她不是从一开始就再清楚不过了吗？

又何必，总是遗忘，总是……逃避，还自以为是地认为她可以改变呢？

“走吧，你在这个时间段停留得太久了，该收集的情报也都差不多了，我们必须进入下一个时间段了。”

“大胡子……告诉我，你为什么知道我会在这里？你从一开始就知道今天会有事发生，所以才允许我在这个时间段停留那么多天，对不对？告诉我，他们到底要做什么？”紧紧地抓住大胡子的双臂，言绯大声地追问。

她看不到大胡子的表情，只听到那沉沉的叹息：“我们回去再说，好吗？”

言绯呆呆地看着他，僵硬地点了点头。

一路上，她几乎是被大胡子拖着带回时光通道所在的小巷。确定他们已经安全后，大胡子才回答之前言绯所询问的话。

“首先，你给我记住，下面我告诉你的话，你要绝对保密。无论对于谁都不能说，知道吗？”

言绯没有理由拒绝，她坚定地点了点头。

“很好，首先，事情要从南氏说起。五十年前，南氏的继承人还是南久橘的爷爷，他一直都想将通灵的能力运用在各个职业中，成为垄断全部职业的全职师。而拥有强大能力的元素灵，当然会成为他重要的目标之一。南氏想把元素灵培养成世世代代只为他们工作的灵体，让它们只能服从南氏的要求，而不能再与其他元素师签订契约交换能力。而大地之灵洛德就是他们锁定的第一个目标。只是，野心大不代表一定能实现，为了寻找洛德的下落，他耗尽了人生很大一部分的时光。直到南氏的继承人由他转为他的儿子，他终于在世界的某个角落找到了洛德。而这，也成为了他儿子死去的直接原因。"

"他的儿子？你是说南久橘的父亲吗？大胡子，我不明白你在说什么。"

"你先认真地听我说，不要打断。"大胡子摇头，示意言绯先闭嘴，"南久橘的爷爷用尽了各种办法，想利用自己的儿子与洛德签订永世契约来完成他的野心。可惜，他的儿子并不如他那么厉害，洛德不认可他的能力，反而将他当做祭品吞噬。愤怒的他之后用了五年的时间，也就是在南久橘七岁那年，终于成功地将洛德困在了这个林子里。

"有过前一次的失败，总局的人都以为他会把下一个实验目标放到他孙子身上。但事实上，他困住了洛德之后，除了让南久橘通过各种考核，不断提升他的能力之外，没有再做任何危险的行动。所以，我们揣测，他在做什么秘密打算，而这个打算，间接地影响到十八岁的南久橘。"

所以，蓝泽他们才让言绯跟着一起过来，看住南久橘，注意着他的情况？

他们不是害怕南久橘十八岁那年死去，而是怕他不死，和洛德签订了不为人知的秘密？

害怕他的不死反倒成就了他爷爷的野心？！

而现在，秋蓝儿已经成为了老人的第一步棋子，一个再普通不过的祭品！

之后林子里的每个幽灵，都会成为他野心的见证！

看出了言绯眼中的惊讶，大胡子又长长地叹了一口气。

“你也知道的，洛德从未与人签订过契约，每个试图与他成为契约的人都死掉了。如果从前是因为南氏不允许，那么在三年前，南久橘生死未卜，南氏没落，为何……还是无人能和洛德成契？”

因为有人从中作梗吗?

那么，那个人又是谁?

3.

大胡子想带言绯去到一年后，但是在言绯的苦苦哀求卜，他还是准许了言绯半天时间，到半个月后去找南久橘。

十五天的差距，也许世界并不能完全被颠覆，但是一个环境却能被完全改变。

远远地站在南久橘家的门口，言绯再也没有看到那个一边哼着悠扬旋律一边浇花的少女，原本漂亮的庭院因为无人打理，很多花都开始渐渐枯萎了。

在依旧灿烂的阳光下，言绯看到了仅剩的一只有着湛蓝色外表的蝴蝶静静地停在枯萎的花枝上，没有了同伴的身影，没有了翩翩飞舞的生机，它看上去就如同和花一起死去了似的。

言绯不敢从大门飘进去了，她知道从上次的事开始，南久橘的爷爷一定会找更厉害的人看住这个家。

她小心翼翼地寻找着从比较隐蔽的角落进入，很快她就发现，这个家从外观上改变最大的不是庭院枯萎的花，而是花圃那些全部被斩断的藤蔓。

没有藤叶的遮蔽，此时的花圃只有孤零零的竹架和满地肆意狂长的野草。

秋千不见了，绿荫不见了。

原本游玩的地方成了彻底的荒地。

而在花圃靠里的长廊上，言绯看到了一个身影。

躲在阴影处的他蜷缩地坐着，言绯看不到他掩藏在双臂下的脸，但是她却能感觉得到那种深刻的死寂。

就好像了无生气的人陷入了死亡的深渊一般。

“南……久橘。”

言绯不清楚这个时候她应不应该出现，只是等她回过神的时候，她已经喊出了对方的名字，并且飘到了他的身边。

男孩缓缓地抬起了头，那苍白的脸上，宝蓝色的眼眸失去了神采，笑意散得干净。

“那个……你还记得我吗？我是……”

“你究竟是谁？”平静的语调找不到情绪的波动，与其说那是质问，还不如说是他在自言自语，“他说你不是这个时空的人。是吗？”

他？

他是谁？南久橘的爷爷吗？

言绯艰难地思考着他的话，气氛随之沉寂了下来。

她到底该不该说呢？

如果说了，命运会不会改变呢？

如果现在否定的话，他又会相信几成呢？

言绯的脑袋快速运转着，而另一边的南久橘却连看都不再看她一眼了。

“算了，你走吧。如果在这里停留太久，你就真的有危险了。我……保护不了你。”

“我是来自未来的……十年后。”听到南久橘要赶她走，言绯之前还犹豫的话不由得脱出了口，“我的考试内容是调查你，从你十岁到十八岁所发生的重大事件。”

“十年后？所以，你并没有死？”

“是的！十年后我十六岁。”既然都已经把考核的话题说出来了，言绯只能老实地回答南久橘的问题。

“那我呢？二十一岁？”

“不，十年后你下落不明了。确切地说，是从你十八岁开始。有人认为你死掉了，可是有人认为你只是躲起来了，因为谁都不知道答案，所以我才被派来调查。”

“十八岁？死掉？失踪？”南久橘半眯起了眼睛，他轻声地重复着言绯的话，半晌，言绯才听到从他嘴中发出很轻的笑声。

那是带着自嘲的苦笑。

“你把未来的命运告诉我了，就不怕我改变吗？”

“事实上……我很希望你改变它。”

没错，她希望南久橘去改变它。

不是预言自己会死去，不是他人所谓的下落不明。

而是，真真切切地活着。

言绯知道，他是一个好孩子，而他长大了，也一定会成为一个厉害的能够保护弱者的强者。

如果，他能离开这个拘束住他的家，来到更广阔的地方，真正地活着。

“哦，南久橘，你是未来大家公认的强者，所以……用你的办法，活下去，活过十八岁，好不好？”

而她……

从前，她只是一直想着，要寻找秋蓝儿。

好不容易等到了下山的时间，好不容易找到了她的家，但是却找不到她要找的人。

寻求了太多的办法，甚至听从洛德去考元素师，可是最后……看到的结局却也只是——她已死去。

那么……是否能够考核通过对她来说都不重要了。

洛德总不能把他已收下的祭品再还给她吧。

“你陪着我吗？”

“用我在过去仅有的三十天。”

没错，过去，南久橘还拥有七年时间。而她只有三十天。

在他的漫长时光中，她所有的一切都是有限的。

而在未来她的无限的命运中，能否……他也与她共存？

那双宝蓝色的眸子一点点地拢上了光，南久橘凝视着言绯，一字一句说道：“最后一个问题，告诉我你的名字。”

“言绯，我叫言绯。我十六岁，我顺从了我的命运，来寻找与我约定的秋蓝儿。”

一种无法形容的酸涩感从言绯的指尖顺着血液流淌到大脑。

眼眶在一点点地变得湿润，然后……

炙热的液体毫无声息地落下，滴落在了木质的地板上，不留下任何的痕迹。

“是吗？”

听着言绯的话，南久橘忽然笑了。他闭上了眼睛，慢慢地从口袋里掏出了一封被捏得有些发皱的信，然后，他取出了里面的信纸，一张一张地摊开在了言绯的面前。

“你猜，我的命运改变了吗？”

言绯：

你好，我是秋蓝儿。很抱歉，那么久才给你写回信。不知你是否一直都在等待呢？

其实在那么长的时间里，我一直都在想，该写什么给你呢？也许我可以向你抱怨我最近的琐事，也许我也可以向你胡诌一些无关痛痒的废话，可是提笔写了好几次，我还是决定不提那些。

我想说一个我很在意的词：命运。

我曾试图去修改我的命运，因为我不甘心这么活着，可是不管我如何努力，最后我还是在命运的圈子里来回地走着。

我还是失去了我想要珍惜的东西，我还是抓不住原先我想要的东西。但是同时，我又得到了与之替代的、一开始预料不到的事物。

就好比说，我们彼此之间明明隔得很遥远，但是我却收到了你的信。而这种事，很有可能会因为寄信员的失误或者有人比我早一步拆开你的信，再或者其他什么的原因而导致我或许从此都不会与你相识。因此，我很感激命运让我在这个漫长而有限的时光中认识你。

不知你是否也与我有同感呢？

上次你告诉我，你很向往山下的日子，你不想一直这么寂寞地生活着，所以……不如我们现在做一个约定吧。

等你十六岁，可以下山的那年，请你来找我吧。让我陪着你，或者说，你来陪我，好吗？

请不要怀疑，请不要害怕，我不会伤害你，我只想保护你。

所以，我会永远在这儿等待着你的回答。

你的朋友秋蓝儿

记忆中，一样的字体，一样的内容。

一样的感动，只是……那一瞬间，眼泪决堤了。

十年前，真的秋蓝儿死掉了。可是……六岁的她却收到了回信。

之后的七年，不管发生了什么，总有一个人，温和地和她交谈着，彼此约定着。可是……三年前，她却再也没有再收到来信。

三年前，南久橘，十八岁。

三年前，他……

言绯胡乱地用手抹着眼眶，她希望自己不要哭了，可是遏制不住。

完全地遏制不住……

无形的泪一滴一滴地落在信纸上，如果那是真的泪滴，也许他所写的就全部白费了。

“这是我的命运吗？”

“不是的……不是的！这只是巧合……只是巧合的。”

没错，那只是巧合!

“会改变的! 活下去……不要死掉……等我来……南久橘，等我来……”

其实……

早该预料到了吧。

就算不知道，可是……还是会感觉得到。

会开始在意这个小鬼，会开始希望改变他的命运，会希望他继续活下去。

因为，和他相处的那种感觉……和她在信中所感受到的，在一点点地吻合。

他才是她那么多年想要遇到的人……

他才是……

“好，我等你，每年，每天。”

CHAPTER 09

你的世界

1.

就如同言绯预料到的，南久橘的爷爷的确换了比之前更厉害的管家来看管着他，不让任何外界的人或幽灵与他接触，更不给他任何可能逃跑的机会。

只是上有政策，卜一定会有对策。

看上去因为秋蓝儿的事变得乖巧沉默的南久橘，实际上在他房间到房子后门建立了一条只有灵魂才能通过的通道，方便言绯来找他。

起初言绯对他的这个行为非常不理解。

“如果只要是灵魂就能通过的话，万一其他的恶灵经过这条暗道袭击你了怎么办？”

面对言绯的质疑，南久橘只是轻松地耸耸肩：“除了他，我不会再输给任何人。而以后，他也不会再成为我的威胁。”

言绯知道南久橘说的那个他是谁。

自从秋蓝儿的事情后，南久橘就不再称呼老人为爷爷，并且每次谈及老人的时候，他的眼中都会冒出憎恨的火花，这让言绯也不得不怀疑，如果南久橘可以继续活下去，总有一天，他会亲手杀掉自己的爷爷。

好几次，言绯都想问南久橘，他和秋蓝儿被抓进幽灵树海之后到底发生了什么，但是南久橘对此闭口不谈。

言绯不知道南久橘是不是知道秋蓝儿的灵魂被困在了幽灵树海，事实上，自从那次之后，南久橘就不再靠近幽灵树海。同时，除了写信，“秋蓝儿”也成了南久橘最不想提及的名字。

而另一方面，由于言绯所有的时间有限，她几乎是挑着南久橘给过去的她写回信的时候跑去找他的。

她希望南久橘的命运可以改变，所以每次她都试图强迫他修改已经写完的信，只为让信上的内容和她记忆中的不一样。

可是每次等南久橘偷偷送走信后，言绯总能在他房间里发现那被修改的信纸。

当言绯指着垃圾桶大声向他抱怨的时候，南久橘却总是用轻松的口吻回答道：“我的确想改变我的某些命运，但是和你在一起的记忆，我不想改变。”

也许一开始，这样的话从十一二岁的他嘴中说出，言绯还不会有什么感觉。

可是……可是等南久橘的个子渐渐地拔高，高出言绯，等他的五官渐渐成熟起来，退去了原先的稚气，等他的年龄渐渐变得比她大，开玩笑地喊着她丫头，言绯简直找不到任何理由，可以让自己面对着一个如此漂亮的男生而不脸蛋发红，心跳加快！

啊啊啊……不公平啊！明明一开始他要比自己小那么多的！

为什么现在他反倒比自己大出一岁了！

十七岁的南久橘，苍白得几乎没有血色的脸蛋配着银白的长发透着些许的病态，这和言绯记忆中叶澜笙的模样几乎没有差别了。

唯一的区别，或许就是他们自身散发出来的气质。

叶澜笙面对她是冰冷，丝毫不允许她靠近，而南久橘总是对着她微笑，仿佛站在她的面前，他不会再有任何的哀伤。

而这么比阳光还要温暖的笑容，让言绯想到了一个人。

那个生活在黑暗中却笑得比谁都灿烂的少年……

“啊，小远，再过一个月我就十八岁了，只要我熬过生日，我的命运就会改变吧？”南久橘看着书桌上的台历，愉快地用红笔在他生日的那天圈了一个红圈，“啊……不过最近还真无趣啊，我把我能考的证都考出来了，这下连偷跑出去的机会都没有了。”

“你其实是想跟我显摆你考出了全部的职业才对吧！”

直接拆穿了南久橘自恋的话，言绯故作不屑地轻哼了一声，可她的视线还是忍不住扫视了一下堆积在柜子旁的待遇跟垃圾差不多的证件。

或者说，它们的待遇和垃圾相比不是差不多，而根本就是一样！

南久橘还是跟他小时候一样，“虐待”着这些外人梦寐以求的证件，对他来说，对于这些职业的兴趣只在他考出执照之后就彻底烟消云散了。

“哈哈……小远你不要那么直接地拆穿我嘛！不过说真的，我现在真的很无聊啊。他招来的人太没劲了，根本就不够我玩，我只是动动手指，他们就干不下去了。唉……好失望。”

“那是你现在太变态了好不好！”

每次想到这个，言绯就觉得她一定要重新审视南久橘一番。

考出目前所公开的全部职业，成为史上少见的全职师是什么概念?

把他爷爷找来的全部精英都整到在这个房子混不下去，乖乖求饶是什么概念?

让以前每次过生日都要来挫他锐气的爷爷已经连续两年都没再冒过头，又是什么概念?

言绯几乎无法把现在的他和过去那个被他爷爷按在地上痛打的模样联系在一起。

南久橘根本就是变态，大变态！越长越变态，如果让他活过十八岁，他会不会继续这么非人下去?

啊……

不过，这样也很好啊。

言绯总是这样，在心里不停地吐槽着南久橘，可是想到最后，却又万分地期待他可以活下去，然后改变命运，然后等未来的她找到强大的他，然后……

“小远你就多陪我一天吧！”

南久橘任性的喊声打断了言绯的幻想，她下意识地皱起了眉头，看向了那个对着她嬉皮笑脸的家伙。

“原来这才是你的真正目的……”言绯扶额，想都没想就拒绝了他，“我还有两天，两天你知道吗?两天的时间，多陪你浪费一天，我就没有足够的时间陪你度过十八岁了！”

言绯伸着手指纠结地朝南久橘比画着“二”的手势。

“和我在一起怎么能说是浪费呢?”

“不能帮你改变命运，对我来说就没有意义！”

言绯想当然地说出口，可是回应她的却是南久橘意味深长的一声“哦”。

她感觉南久橘的目光忽然变得有些奇怪了，带着几分笑意和暧昧，让言绯光是与他对视，就有种热血不断往脑袋直涌，心跳扑通扑通不停加快的感觉。

啊啊啊……浑蛋！

别这样看她啦！

“好啦好啦，我要走了。”

言绯闭上眼睛逃避似的转过身，可是她还来不及飘到窗口，南久橘就在她身后叫住了她。

“后天早上，你再来一次好吗？他来信说要介绍我认识两个人，我怀疑会有什么事。”

言绯茫然地回头看向已经恢复正经表情的南久橘：“我去不要紧吗？”

“放心，我会想办法把你藏好的。你要相信，现在的我是可以保护你的。”

两天的时间对于言绯来说不过是一瞬。跨过时光通道，言绯就来到了和南久橘约定的那天。

快速地飘到南久橘家，在来到他家大门口的时候，言绯就看到了一辆停着的轿车。

言绯条件反射地躲到了离屋子有一段距离的转角处，然后她看到了那个拄着拐杖的身影从车子里慢慢地由司机搀扶着走了出来。

比起两年前，此时的他看上去要更苍老一些。

原先的锐气被消减了一半，此时走路有些不稳的他看上去更像是普通的老人。

可是……把他当做普通的老人，那就大错特错了！

言绯在不远处小心翼翼地打量着他，她正好奇这个老头在耍什么花招，轿车另一边的门就打开了。

接着，有一大一小两个人从车子里走了出来。

小的那个看上去只有五六岁，圆圆的包子脸上最引人注目的就是那双浅棕色的大眼睛，一闪一闪的，让人忍不住想要捏着他的脸颊大喊“好可爱”。若非要说出他的不足，那或许就是他身上旧旧的衣服和似营养不良而显得有些枯燥的头发。

如果他能换身漂亮的衣服，把皮肤头发好好保养一下，言绯坚信，他一定会比橱窗电视里那些童星要引人注目数倍。

而小孩身旁，紧紧牵着他手的人……

“久……”言绯赶紧用手捂住嘴巴，阻止自己惊呼出对方的名字。

天啊……她不是眼花吧?

她竟然在南久橘的过去中看到了久远的身影！

他有着和小孩相似的包子脸，浅棕色眸子，少了几分稚气，多了几分成熟，让他介于可爱与帅气之间。

只是，那么熟悉的脸，言绯都没有感觉到熟悉的气息。

此时的久远，他的脸凝重得简直可以说是面无表情，没有任何情绪的波动。

明明太阳正温暖地笼罩着他，可却一点都无法照进他的眼中，他的气息中。

为什么……久远会有这样的表情?

她记忆中的久远，不是总喜欢咧着嘴，毫无负担地笑着吗?

言绯想起在幽灵树海中小一曾经说过，久远是在三年前死的。三年前，不就正好是南久橘十八岁生日那个时段吗?

难道说……南久橘的爷爷把久远找过来，就是为了把他当做祭品，杀死在幽灵树海里?

可是，既然是这样，为什么他要特地带他过来介绍给南久橘?

林子里死掉了那么多人，可是之前却没有一个他会介绍给南久橘啊!

越来越多的疑惑挤在言绯的脑袋里，她赶紧绕着远路飘到了南久橘的窗口，钻进了他的房间。

“小远，你来得正是时候，刚刚管家正好通知我说他来了。叫我准备准备快点下去呢。”南久橘悠闲地躺在床上看着从窗口边冒出来的言绯，笑嘻嘻地说道。

“是正好啦，我还看到你爷爷带来的人了。”

“你看到了？那个人长什么样？”说到了自己感兴趣的话题上，南久橘连忙坐了起来，“你表情看上去很奇怪哦，是不是那个家伙看上去很厉害？”

“我不知道该怎么形容……那个人，似乎是我的朋友。”

“似乎是你的朋友？”

“嗯……我也不知道该怎么说，反正我现在也很混乱啦。南久橘，我等会儿要怎么躲，才不会被你爷爷发现？”

“很简单，你就跟我十岁生日那天一样，待在客厅后面的走廊里就可以。我会下个咒语，让你在墙壁上可以看到客厅里的画面。”

南久橘轻松地摆了摆手，示意言绯不要太紧张。

“这样就可以？”

“当然。”

既然南久橘都那么自信地说了，言绯也不好再怀疑什么，她乖乖地飘到了客厅后面的走廊边。果然，她没等多久，被粉刷得纯白的墙壁就忽然变得透明了。

透过墙，她清晰地看到了坐在客厅里的身影。

客厅的气氛有几分诡异，首先，老人的四周正散发着一股压抑的气息；然后，坐在他对面沙发上的南久橘却悠闲地喝着茶，根本不理会老人带来的两个人。

来到了陌生的环境，包子脸小孩很拘谨，他的手总是紧紧地牵着身旁那个长得和久远一模一样的人。而“久远”正紧紧地盯着南久橘，似是在打量着他。

言绯从没有见久远露出过那样警惕而又严肃的表情。

言绯很确定那个家伙不是久远，同样地，老人的话也证实了她的揣测。

只是他的话又像一颗重磅炸弹，轰得言绯完全找不到思路了。

“他们是我们南氏亲戚家的孩子，因为有些意外，所以这些天暂住在这里。”老人黑着脸看着连正眼都不看他一眼的南久橘，第一次没有发飙用武力威吓他，“左边的弟弟小你十二岁，他叫叶澜莘；而右边的哥哥和你一样大，他叫叶澜笙。”

叶澜莘？叶澜笙？

她不是产生幻听了吧？

好吧……她承认，小孩那包子脸的确挺像三年后的叶澜莘，只是三年后的叶澜莘根本就是个欠揍欠打小日子过得太好的小屁孩，而此时的小孩却给人一种弱不禁风的感觉。似乎只要被人吓一下，那双眼睛就要滴水。

当然，这不是最重要的，最重要的是他的哥哥叶澜笙！

为什么那个自称叫叶澜笙的家伙会长得和久远一模一样？

叶澜笙不是应该和南久橘长得很相像才对吗？

可是他现在的这个样子和南久橘不要说像了，根本就是天差地别！

南久橘的皮肤是那种几乎没有血色的苍白，而叶澜笙却是健康的小麦色；南久橘的头发是银白的，而叶澜笙的却特别乌黑……如果这些都可以靠染发，晒太阳改变的话，那么脸型呢？身材呢？瞳色难道是靠戴镜片改变的吗？

不可能！

一定是哪里弄错了吧？

这个人，不是言绯三年后遇到的那个叫叶澜笙的家伙吧？

忍住想要飘过去问个究竟的念头，言绯闭上眼深吸了一口气，让自己努力地镇定住，然后她再次看向客厅。

因为在过去几年，南久橘的爷爷为了监视他，控制他的行动，总是让各种各样的人来家里，所以此时此刻，南久橘对于新人已经完全没有好感了。

在他看来，那些人不过也是他爷爷手中的一枚棋子罢了。

他只是随意地“哦”了一声，接着他放下了手中的杯子，似笑非笑地说道：“我现在已经认识他们了。想必他们在来之前也应该了解我了。那么……现在告诉我，你的目的是什么？我可不觉得你特地把他们带来，是为了让我们相亲相爱的。”

“你最好给我弄清楚，你现在在和谁说话。”终于，南久橘的话惹怒了老人，他压低了声音，想用自己的气势镇住他，但是很明显，他失败了。

南久橘耸了耸肩，嘴角不友善的笑容越发地浓重了：“你应该知道，你的某些行为，已经让你失去了教训我的资格。不要跟我说形式的话，直截了当地说吧，他们来这里是为了什么？管家？佣人？或者……宠物？”

说到最后几个字的时候，南久橘的目光移向了叶澜笙，那个从一开始就挺直着腰板的人。

浅棕色的眸子里掺了太多的情绪，憎恨、嫉妒……言绯不能完全地琢磨出。

当南久橘的目光与他直视，叶澜笙终于开口了：“我的出生时日与你相同，并且身上都留着南氏的血统，只是我的存在不被南氏认可。”

“所以呢？”南久橘挑眉。

“不管你相不相信，你的爷爷已经找过无数个预言师为你预言，而得到的结果都是，你注定会在十八岁生日那天死去。如果你想活下去的话，我会是你的契机。”

叶澜笙的话让南久橘一震。

虽然他早就预言过自己的命运了，可是听到对方说他的爷爷也寻了无数的预言师为他预测，南久橘还是有些弄不明白。

“预言？你？契机？呵呵……”南久橘低喃了几声，忽然他不屑地笑出了声，无视他爷爷的怒容，自顾自地站起来走到了叶澜笙的面前，“那你告诉我，你是怎样一个契机？代我去死吗？”

“没错。”

2.

你是怎样一个契机？

代我去死吗？

这只是南久橘无心的嘲讽，可是面对叶澜笙再认真不过的肯定，他彻底怔住了。

而在外面偷看着的言绯更是惊讶得张大了嘴巴。

南久橘脸上轻蔑的笑散得干净，他呆呆地盯着叶澜笙好几秒，然后他猛地抬头，看向一旁拄着拐杖的老人。

“他这是什么意思？什么叫代我死？”

“很简单，替你换命。”见到南久橘失措，老人满意地笑了，“所有的预言师都预测，南久橘这个人会在十八岁那天死去。但是，那是南久橘……如果他是南久橘，他去代你死的话，那就不一样了，你依旧……”

“你在胡言乱语什么？我要活下去但是却不要谁替我死！”南久橘愤怒地打断了老人的话，他一把抓住叶澜笙的领子，“你不要陪着那个家伙乱疯！你还有弟弟，你不必替我死！我警告你，现在快点从我面前滚开！"

南久橘粗鲁地想要赶走叶澜笙，可是对方却纹丝不动地坐着，他只是用手袒护着躲在他身后的弟弟叶澜莘。

"没错，因为我还有弟弟，所以我必须留下来。"

"胡闹！你知道你的行为有多愚蠢吗？"

"愚蠢的是你，不是我。"叶澜笙幽幽地说道，他掰开了南久橘抓着他领子的手，然后看了一眼坐在旁边看戏的老人。

"够了。"老人伸手将拐杖横在了南久橘和叶澜笙之间，"我答应过叶澜笙，只要他能代替你去死，为你换命，我就收留他的弟弟叶澜莘，给予他一切最好的条件，并让他成为南氏继你之后的下一任继承人。"

"继承人？呵……你要这些吗？"南久橘用食指按在了眉心，他整理了一下思绪，然后往后退了一步，"你知道这是一个牢笼吗？在外面多好，为什么要进来？"

"因为……在外面，死的是我们两个，而在里面，死的只会是我一个，不过娇生惯养的大少爷是不会懂的。"

谈判最终以彼此的冷场告终。叶澜笙兄弟在房子的一角住了下来，而南久橘则是被气得无话可说，愤怒地回到了房间。

他将自己扔到了床上，然后大喊着言绯的名字："小远，小远！出来！"

"来了啦，你别叫那么大声。"

言绯刚停在南久橘的床边，他就猛地坐了起来，瞪大了湛蓝的眸子与她对视："唉，小远，我该怎么办？那个家伙似乎是下了决心要替我换命，唉……你刚刚说来的人中有一个似乎是你的朋友，是他吗？"

"嗯……有点像，又有点不像。"

"你那个朋友，他三年后还活着吗？"

"我的那个朋友，他已经死掉了。可是……却没有变成幽灵。而叫叶澜笙的人却活着。"

"唉？"

言绯纠结地一手拖住了下巴："啊……事实上我现在脑袋里也一团乱，完全弄不懂是什么状况了。"

三年前的叶澜笙长得和久远那么像，可是久远死掉了。

三年后的叶澜笙成了这个房子的主人，可是他却变成了南久橘的模样。

其中，一定存在着某个逻辑，只要找到了线索，言绯就一定能够想得通。

可是现在……

"啊啊……好混乱。"言绯胡乱地用手乱抓了一通头发，然后她站了起来，"我要回去了。我到你生日那一天再来，你记得不要去为难人家兄弟两个啊。"

"现在就走了？不是说陪我一天的吗？可是现在才过了一个上午哦！"

"我什么时候说过要陪你一天了？"言绯皱眉，不瞒南久橘又在混淆她的记忆，“我现在还有一天半。你的生日一天，我希望陪你过完生日，还有半天。”言绯飘到窗口，认真地一字一句地说道。

她希望，当时钟走过十二点，她还能看着南久橘。

他还能对她微笑着。

带着忐忑不安的心情，言绯拜托大胡子把时间调到了南久橘十八岁生日那天。

在进入时间通道的时候，大胡子有些反常地拦住了言绯。

“丫头，我知道有些事你在瞒着我们，不过……我希望你记住，你是帮我们查明真相的，所以……当你看到真相的时候，请保持理智，好吗？”

大胡子总是给言绯一种知道很多，但也沉默很多的感觉。

就像他隐藏在毛发下的脸，让人看不穿他的容貌。

“记住丫头，命运，比你想象的要顽固。有时候，你认为你改变了它，但实际……你的存在，就在他那个被定局的命中。”

“大胡子……”

“走吧丫头，别忘了时间。”

言绯被大胡子推进了时间通道，她静静地走了几步，便来到了最终的目的时间。

没有过多的空闲让她去琢磨大胡子的话，她就赶紧往南久橘的家跑去。

那条路，她跑了那么多次，言绯感觉自己简直闭着眼睛都可以找得到。待她兴冲冲地跑到南久橘的房间时，他早就等在了窗口。

一见到言绯的到来，他就扬起了灿烂的笑容。

“小远剩下的全部时间，都是我的了吧？”

剩下的时间？他是指她在过去最后剩下的一天半吗？

言绯点了点头，然后南久橘又开口了：“能把你的右手伸出来吗？”

手？

伸手干什么？

言绯困惑地伸出了右手，只见南久橘将他的手小心翼翼地放在了她的手心下。这样的接触本应是毫无触感地穿过，可诧异的是，言绯竟然感到了一抹淡淡的温度从她的手心传来。

那是来自南久橘指尖的温度，暖暖的，温柔的。

“为……为什么……”

“嘿嘿……看来成功了呢。”南久橘得意地笑着，然后他弯下身，轻轻地亲吻了一下言绯的手指。

扑通……扑通……

心跳猛地加快，热血不停地往言绯的脑袋直涌，她呆呆地看着南久橘，完全反应不过来了。

天啊……她不是做梦吧？

她刚才似乎，似乎感觉到南久橘的温度了……她的手指间，依稀地还留着南久橘唇间的柔软触感……

“为什么……你可以碰得到我？”

“这是禁术书上的一个特殊咒语，能够让人在短时间内触碰到幽灵。不过我还不太会用，哈哈……”伴随着南久橘的笑声扬起，言绯手指间的触感顿时消失了，然后南久橘的手就这么穿过了她半透明的掌心。

“果然还是你太弱了吧。”

“比起短时间的触碰，我更希望触碰跟我一样拥有实体的小远！”南久橘抽离了手，然后他拿出了一张长长的单子伸到了言绯的面前。

这张单子很明显是行程安排表。

从早上九点开始，一直算到晚上十二点，从小时算到分钟，精确得让言绯怀疑他们是不是能按时完成。

“不行不行，如果按照这个行程安排，那么我们不就是按照你的命运走了吗？我们一定要把安排改掉！”

“嗯……有道理。”

于是，为了把行程改得和原来完全不一样，言绯他们在房间里就这么浪费了一个上午，也没有完成一张单子。

看着零零落落的打算，南久橘干脆将纸揉成了团丢进了垃圾桶。

“走一步算一步吧！”

可是，毫无打算，又该往什么方向去改变命运呢？

言绯不知道，南久橘也同样不知道。

今天的他看上去好好的，一点都没有像要死去的样子。

他依旧陪着她，对着她微笑，一切看上去，都和平时没有任何的差别。

而就是这样的没有差别的时光，才让言绯越发地感到不安。

在夕阳落幕黑夜来临的时候，南氏本家的人来了。他们来接叶澜笙走。

在花圃吃着晚饭的南久橘和言绯一开始都没有注意到他，或者说从叶澜笙和他弟弟住进这个屋子开始，他们基本上就没有任何接触。

但是随着小孩的哭声越来越刺耳，南久橘和言绯还是不放心地跑到了门口。

这次，南久橘的爷爷并没有来。

出现的都是言绯陌生的脸孔。他们想要让叶澜笙进到车子里，可他的弟弟就是死拉着他不肯放手。

一直带着惊慌表情的他哭得泣不成声，圆圆的眼睛被泪花浸湿。一眨眼，言绯仿佛从他的身上看到了秋蓝儿的身影。

她不知道南久橘是不是也有同样的错觉，所以才会冲上前，拦住了那些想要推开叶澜莘的男人。

“呜……哥哥，我要跟你一起走，不要丢下我，哥哥！”

小小的个子，哭得连话都说不清，言绯无法想象，就是这么一个弱弱的让人忍不住想要保护的孩子，在三年后会变成一个怪脾气的臭小子。

叶澜莘整个人都抱住了他哥哥的裤腿，将眼泪全部擦在了叶澜笙那条有些旧的工装裤上。

无视上衣的T恤，那条工装裤子的模样，言绯再熟悉不过了。

那是久远在幽灵树海时一直穿着的……

她记得。

“澜莘乖，放手好吗？”那个言绯熟悉的嗓音带着一丝无奈，一直都板着脸的叶澜笙面对着弟弟的哭泣，还是尽可能地让自己的表情看上去柔和一些，“你这样抓着哥哥，很难看的。”

“呜……不要！哥哥你不要跟他们走，我不要好吃的，我不要大房子，我们和以前一样好不好？”

“澜莘！”

“呜呜……哥哥。”

老人说过，要让南久橘活下去，就必须需要让人替他换命。

她知道，久远死在了幽灵树海，但是……他却和其他死掉的人不一样。他没有变成幽灵，他依旧拥有着实体，可是……他仍旧是死掉了。

难道……就是因为是替南久橘换命？

南久橘存活了下来，代替了叶澜笙，而真的叶澜笙却死掉了，成为了言绯之后遇到的……久远？

猜测莫名地理通了，而恐惧感也在其中蔓延了。

她不由自主地回头去看身后那个凝视着兄弟两个人、抿着嘴久久不说话的南久橘。

不会的！南久橘不会变成三年后的叶澜笙！

因为那个人害过她……把她骗去幽灵树海，把她作为送给雾淼的祭品！

那不会是南久橘做出来的！

即使时隔三年，即使……即使……

三年……

三年，没有回信。

“小远，你怎么了？”言绯慌张的表情引来了南久橘的注意，他担忧地看着言绯，不知道她是怎么了，表情忽然那么难看。

“南……久橘，你会……害我吗？”

“这不可能！”没有丝毫的考虑，南久橘直接否决了言绯的问话，他的表情甚至一下子变得严肃起来，“为什么你要这么想，小远？我说过，我不会伤害你，我会保护你的！你不相信我吗？”

“不、不是的！我……我是随便问问的。”

避开南久橘的目光，言绯转头看向叶澜莘。

他的哥哥已经被南氏的人带走了，只剩他一个人孤零零地蹲在地上，泣不成声。

看上去，是那么的寂寞。

言绯想去安慰他，可是她在叶澜莘的面前飘了半天，才意识到，他根本看不到她的存在。

“他……啊……南久橘，你不要傻站着！安慰一下他啦。”

言绯着急地向南久橘求救，然而他似乎对安慰小孩也没辙，他傻站在叶澜莘的面前，尴尬了半天也不知道该说什么。

“那个……小、小弟弟？你……你还好吗？啊……”

“呜……”

“啊啊你别哭啊，小远，他比秋蓝儿还会哭，我不知道该怎么安慰啊。”

“哥哥……呜……我不要哥哥死，你们带我去找哥哥好不好……”

“可是我不知道他……”

“他被带去幽灵树海了。”言绯条件反射地说出了她心里的答案，“他或许真的是我的朋友……他就是死在幽灵树海里的。我记得他穿着那条工装裤和久远的一模一样。”

“你的朋友？那个家伙？久远？”

言绯点点头：“如果让久远活下去的话，那么……是不是你的命运也就改变了？”

言绯不知道她为什么突然会有这么一个大胆猜想，只是，她觉得脑袋里似乎有一个声音在呼喊着她，让她去幽灵树海。

因为时间在逼近十二点，因为久远会死在那里。

因为……

“走吧，小远。”有一个温柔的声音喊住了言绯。

抬起头，她看到南久橘的微笑。

那么的温暖，那么的……让她感到心脏不禁随之一抽。

“我们就去吧，幽灵树海……总不能，放着你的朋友不管啊。”

不能放着你的朋友不管啊……

那么，你呢?

如果去了，是违背了你的命运，还是……顺从了死亡?

黑夜的笼罩无法掩去他眼中的湛蓝，而那一抹银白，在她的视线之中，渐渐成了之后……最寒冷的温度。

……

3.

世界被无尽的白光笼罩着。虽然是那么的明亮，可是……却没有丝毫的温度。

言绯在无边无际的白色世界里漫无目的地走着，本应毫无感觉的灵魂渐渐地感到了疲惫，也许是肉体上的，也许是精神上的。

她都来不及细细琢磨。

因为太多的情景，都像是在做梦。

从遥远的过去回到现实或许只需要一瞬，但是那个过程，言绯却感觉经历了最漫长的时光。

她不知道自己的灵魂从未来回到现实之后，她又在这张冰冷的床上躺了有多久。只是当她清醒过来的时候，泪花已经把她耳鬓的头发都沾湿了。

原来……灵魂哭的话，她的身体也会跟着哀伤……

也会跟着一起流泪啊。

见言绯醒来，蓝泽和花昱博士匆忙地操作着机器，打开了罩在床板上的玻璃，然后言绯就看到蓝泽走到了她的旁边，紧张地询问起她的状况。

“你还好吗？是不是看到了什么？我是说……南久橘，他究竟如何了？”

没有过多的废话，连想要知道的东西都和关心的话放在一起……

用手背擦掉眼眶的泪花，言绯抬头看向这个将面容完全暴露在她面前的男人。

那一瞬间，她忽然觉得不把脸露出来的大胡子要显得真实很多。

可惜，那个真实的人，却也只拥有穿梭于时光之中的灵魂。

她不知道他的真身在哪里。

言绯深吸了一口气，然后她坐起了身："他死了，被他爷爷害死了。"

"他的爷爷？"

"没错。"言绯闭上眼睛，努力地让自己保持冷静，在确定自己不会慌神后，她才睁开眼睛，让自己的目光直视蓝泽，"南久橘的能力使他的爷爷也感到了威胁，他害怕南久橘会杀害他，所以就让预言师预测，找来了一个和他拥有相同命运的人叶澜笙。你们找不到他三年前的资料，因为他不是南氏认可的成员，自然不会让他的身份外泄。"

"你是说，现在南氏的继承人是叶澜笙，他不是人偶，而是一个活生生的人？只是……伪装得和南久橘一摸一样罢了？"

"是的。南久橘已经死了，被他爷爷当做祭品献给了洛德。但是最后，他的野心还是没有得逞，洛德接受了他给予的祭品，但是却没有接受他，反倒让他身受重伤。"

呵……多么可悲的一个人。

冠冕堂皇地害死了自己的儿子，然后又害死了自己的孙子……

言绯想到了那个在混乱的场面下，那个不惜受伤也要永远动用禁术再次封印住洛德的老人。

他以为只要洛德在他的陷阱里，总有一天他的目的就会达成，但是……

多么可笑。

他的命，究竟还能活几年呢？

言绯苦笑着，她推开了蓝泽，离开了机器。

“如果你觉得我说得还不够完全，你可以去问大胡子，他也会告诉你同一个答案，南久橘已经死掉了。所以……”

你们不用再觉得他是你们的威胁了。

他不再是那个年仅十八岁就考取全部的职业、让所有的人又称赞又害怕的天才。

他不会再高调地出现在谁的面前……

或者伤害谁了。

言绯不知道自己此刻的表情有多难看，那些泪痕也许让她看上去很狼狈，不过也正是因为她这样难看的模样，蓝泽放弃了继续追问。

他让花昱博士打开了空间通道，将言绯送回了正职申请大厅。

“以你现在的情绪，我不合适继续追问。嗯……你先回去休息一天吧，明天下午一点再来这里找我，好吗？”蓝泽拍拍言绯的肩膀，示意她不要太难过。

看着他职业性的安慰，言绯沉默地点点头。

在目送着蓝泽再次消失在那条无尽的走廊后，言绯才转头看向职业申请所的大厅。

依旧人来人往的大厅里，她看到了一个人孤零零地坐在等候区。

他望着大厅上方的时钟失神着，不知道在想着什么。

黑色的头发，浅棕色的眸子，对她而言是那么的熟悉，又……那么的陌生。

不知为何，看到他，酸涩感又一次漫上了言绯的神经，好不容易止住眼泪萦绕在眼眶，她不敢眨眼，就怕它落下来。

深吸了一口气，言绯静静地走近他。

而他，很快也发现了言绯的身影。

“言绯，你没事吧？你进去一整天了，我之前想去找你，可是那些保安一直拦着我，啊……啊啊……你怎么哭了？是我做错什么了吗？啊……我没有给你丢人啦，我有乖乖地坐着，真的！”以为是自己惹她伤心了，久远慌乱地用手擦着言绯的眼眶，可是炙热的液体在触碰到他冰冷的指尖后，却越发地停不住了。

“别哭啊言绯……我真，我真的有乖乖地等你，我……”

“我们走吧，久远。”

“哦好！”

久远连连点头，他赶紧握住言绯的手，跟着她离开了职业申请所。

外面，阳光很灿烂。

就跟他们离开幽灵树海时一样。

因为言绯刚才突然掉眼泪了，这让久远不敢再用好奇的目光打量周围那些他没见过的新奇物品。

他只是跟着言绯一直那么静静地走着，直到到达那个比较荒僻的车站。

久远记得这个车站，那里有一辆车，可以一直通向幽灵树海的山下。

“言绯？你拿到考证了？我们现在是要回去了吗？”久远问得很小心，似是怕问到言绯不开心的事。

以前，她总会觉得他很吵。

以前，每次在林子里遇到他，她都想要逃开。

即使……他是那么努力地想要留住她。

他说，他好不容易等到了她。

可是她却不停地告诉他，他们之间是不一样的。

因为……她没有死，可是……他却死了。

可是……可是啊……

“南久橘，我告诉你……我已经完完全全地找到你了，所以我不会再被你骗了！”

眼泪不停地掉，她也不想让它停下来。

她挺直着腰板看着面前的人，死死地抓着他的手。

那只……冰凉的手，没有记忆中的温度，可是……却真正地存在着。

“不管你说什么，不管你自称什么……我知道你是谁了……我知道了。你一直都在等我，你一直都记得和我的约定，在那个林子里等着我，我知道了！现在，我来找你了，来找你了！”

面对言绯的激动，久远却一脸茫然。

他微皱起了眉头，似乎不太明白她在说什么：“南久橘是谁？我不是他啊……我是久远，是小一跟我一块取的，我叫久远啊！”

“那你告诉我，久远……你是怎么想到的？”久远的否定让言绯不禁提高了嗓音。

久远一怔，然后他用食指按着太阳穴，有些苦恼地思考着：“嗯……醒来的时候，小一问我叫什么，然后……”

“然后你告诉了她两个名字：小远、南久橘。于是……你们挑了两个字，你就叫久远！是不是？”

“啊……这么说……好像有那么一点印象。”久远喃喃地说着，似乎还是没有反应过来是怎么一回事，“可是都过了那么久，我记不清了啦。言绯你怎么突然想到问这个？”

“笨蛋！”

“啊？”

“大笨蛋！我现在要回去！去找洛德，告诉他，我已经全部都记得了，让他把你的记忆还给你！”

言绯气呼呼地对久远喊着，然后她伸手紧紧地抱住了久远的手臂。

没错，去找洛德……

这是他告诉她的。

在那个，让她感到绝望的夜晚。

在那个，再也回不去，再也改变不了的过去。

“回去？然后再来吗？”

“不来了！再也不来了！我要和你永远在那里！”

“永远吗？那个……言绯，你不是在跟我开玩笑吧？那个……我可以当真吗？你不找你的朋友了吗？她……现在对你已经不重要了吗？”

笨蛋……

不是“她”不重要了。

而是，她就是你！

她心目中，这么多年，最重要的、最想要寻找、最想要遇见的人，就是他！

她不会忘记，他们是如何被南久橘的爷爷骗进陷阱。然后，由南氏的人将南久橘和叶澜笙的灵魂对换。

他留住了自己孙子的肉体，放入了一个他自认为可以控制的灵魂，然后将一个他不需要的人丢进了幽灵树海。

她不会忘记，她在幽灵树海的入口，敲打着那个怎么都无法打破的空气墙，大声地喊着南久橘的名字。

可是，他没有回应她。

他就像他十岁的预言一般，死在了他的命运中。

成为了洛德的祭品。

然而……那些人怎么都想不到，洛德却出现了。

不断吸食着祭品的地嗜灵出现了。

“我无法救他，让他存活下去。因为，我只是一个被人类困住失去自由的灵体。人们叫我地嗜灵，洛德，可是事实上，在我被封印住的那一瞬间，我已经失去了资格。我需要一个容器，一个可以承载我全部力量的容器……而他，是我见过的最好的容器。”

“所以，你为了自己，就要让他死吗？”

“不……死去的，会是我。但是，活下去的，也不再是他。”

“那么……他究竟是谁？”

“他会是你……命中的人吧，言绯。”

我剥夺了他的记忆，让他孤独地在这里不老不死，只为寻求我们彼此命运的延续。

如果……他的命运中有你，如果，他等到了你……

如果，你在自己的未来中记起了过去的他，那么……

请来找我。

我会把他的记忆还给他，我会把我的一切给予你们……

他可以承载一个死去人的记忆，是一个被封印住、失去自由的灵体的力量的……容器。

也可以是新的地嗜灵。

更或者……是你命中最重要的人。

然而，不管是哪个，请记得……

代我活下去……

永远。

后记

关于时间与命运的轮回

苦憋了一个暑假，终于……写完了！撒花！

呃，不知道各位看懂了这个故事吗？或者说……最后那个结尾？

首先，这个故事，某凉写得非常非常的头疼。因为各种人物关系、时间逻辑，等等，搞得某凉时常会思绪混乱，然后不得不停下来，慢慢地想，我是不是遗忘了什么？我是不是没解释清楚什么？

《恋人游戏馆》中，主角元素灵是火炎灵炎魑。当初在写他的时候，某凉就在想，为什么元素灵一出场就给人这么一副拽二百五的样子呢？很欠揍！难道就不能来个温柔一点儿，看上去强大而又好配合的元素灵？于是，这就构成了本故事的地嗜灵洛德的性格。他的出场其实很少，但是他的存在感却很强，不管是现在还是过去，久远还是南久橘，他都贯穿在这两个角色中。某凉很喜欢他，一直到最后把自白留给了他。

来解释一下结尾，大致就是说，地嗜灵的自尊是不允许他被人拘束的，这也就是这么多年来，他从不与人签订契约的原因。但是他被人类困住了（就是那个总让言绯进不去的空气墙），没有自由的他开始寻求一个容器，可以承载他全部的力量，然后成为新的地嗜灵。

然后，他遇到了南久橘。南久橘的命运应该是在十八岁的时候被他爷爷害死了，但是因为他自身拥有很强大的力量然后吸引了地嗜灵，让他决定用南久橘代替他。可是……代替的话，就有一个命运的轮回存在着。

三年前，地嗜灵遇到南久橘时言绯存在着，可是这个言绯是三年后的言绯，所以要让命运完整的话，就必须等待三年，让三年后的言绯再出现，回到过去，然后再经历这么一个轮回。这就是地嗜灵为什么让言绯去考元素师的原因（其实只是要走这条命运线，而不是真的要让她考出证件）。

等她记得一切、南久橘的命运完整后，地嗜灵的计划就可以完成了。

以上，不知各位有没有一点头晕呢?

啊哈……好吧，的确是有那么一点点啦。

因为我怕我越说越绕，所以结局就完全简洁了啊！哈哈……

希望各位可以看得明白吧。

另外，本文还有很多没有交代的内容，比如叶澜笙兄弟啊，比如元素灵之间的各种关系啥的……因为篇幅关系，就……请各位自行幻想吧。

如果没有……这个系列或许还会持续下去吧。

抱头逃跑。

于是，以上！多谢各位观看！

某只凉

2011.8.8

星联盟
精品好书推荐

STAR
星联盟

《魅惑王子限量爱》
MEI HUO WANG ZI XIAN LIANG AI

三重人格隐士少女与绝色双生美少年
演绎蔷薇般恋爱
魅惑众生的完美爱情盛宴，直击你灵魂，让你神魂颠倒！

高雅？野蛮？迷糊可爱？到底哪一个才是真正的她？

面对可爱的她，他极力表现自己温柔的一面；面对暴力的她，他极力表现自己不羁的一面；面对淑女的她，他极力表现自己绅士的一面。而当这场以三重身份PK三重人格的恋曲进行得如火如荼时，慕飞鸟却意外得知自己被这个“万恶”的美少年玩弄于股掌之间，为此大为愤怒。情商另类的美少年应该如何挽回一切？慕飞鸟的三重人格又是否能够因恋爱而合而为一呢？

此外，还有更大的秘密与危机渐渐逼近……

皆无艾尔
作品

引爆爱恋狂潮的极致爱情蜜语疯狂席卷地球！
独特的告白方式，纠结的四角恋爱，声势浩大的心跳之旅
风靡全亚洲的《魅惑王子限量爱》第三部盛世降临！

时尚、帅气、魅惑，这样就是可以将众多少女瞬间秒杀的顶级美少年了？Oh，No！这些都仅仅只是茉莉青梅竹马的男生拥有的一点点皮毛而已。

他有多顶级？他的一句话便可让整个学院沸腾，他的一个动作便可让成群海豚翩翩起舞。欣赏他的，不仅是女生，还有异国美少年！

这样神一般的美少年，要她拱手让人？想得美！什么公主，什么明星，统统闪一边去！她要将如此十全十美的神样美少年留在身边好好地独自享用！

《接招！神样花美男》
JIE ZHAO！SHEN YANG HUA MEI NAN

为了方便一些买不到书和经济上相对困难的读者，星联盟现特开通了淘宝购书渠道，举办购书优惠活动。原价25.00元/本，现任意选购2本32.00元，包邮哟！并且每本书中都赠送了星联盟的独家NOTEBOOK！不过，书的数量有限，所以爱读书、爱做梦的读者们，抓紧订购咯！另，再附上星联盟的投稿与意见邮箱，期待大家的投稿与来信哟！

星联盟淘宝网店地址：http://starxlm.taobao.com/

投稿邮箱：xinglianmeng@yeah.net

《恋人游戏馆》
LIAN REN YOU XI GUAN

超越你想象极限的“奇异恋人”系列
第一波震撼登陆！ 伊凉 作品

声势浩大的游戏Party！让你心跳加速的纸上电影！

强势打造本世纪专属于你的恋爱新时代！

见习予魂师暮北为了予魂出游戏角色，购买正版游戏光碟花光了所有的积蓄，谁料倒霉的她还是无意中买到了一张盗版光碟！但也因此阴差阳错地遇见了失去一半灵魂、昏迷不醒的少年夏槿焱，成为唤他醒来的御用予魂师。

在和夏槿焱周旋于各种各样麻烦任务的过程中，暮北渐渐被他内心的温柔所吸引。然而现实不是游戏，无论暮北如何攻略，始终无法进入他的恋爱路线。

这个游戏究竟该如何攻略，才能达到最终的Happy Ending？

这里有本世纪最神秘的夜间店铺！
这里有从各个时空被召唤而来的美貌少年！

是约定？是秘密？是阴谋？是宿命？还是轮回？

最蛊惑众生的世代恋人为你演绎最慑人心魂的“禁忌之恋”！

在一个叫做“妖精游乐场”的地方，有一家名为“乐园”的夜间店。据说那里聚集了五个因为某种感知与媒介被召唤而来的美少年调香师，他们所调配出的香水可以帮人们寻回幸福与自由，但是人们需要用灵魂作等价交换。

柊枳音是一名具有预知和感应能力的少女，身体十分虚弱，她非常清楚地知道自己被一次感冒夺去了生命，等到她再次苏醒过来时，已经丧失了全部的记忆。

为了寻回记忆的碎片，她独自一人前往“乐园”，希望寻求店员们的帮助。然而，在见到代理店主斯亚海的那一刻，她却奇异地有一种似曾相识的感觉……

《私藏幸福的第28号店》
SI CANG XING FU DE DI 28 HAO DIAN

沐小弦
作品 想要获得幸福与自由吗？

《私藏幸福的第28号店②》
SI CANG XING FU DE DI 28 HAO DIAN ②

无与伦比的美男调香师再度强势归来
在极乐之地缔造最黑暗的爱之神话！

沐小弦 以爱之名
敬邀你光临爱的神秘乐园！

为了寻回记忆的橘夏奈，独自一人前往传说中的夜间店铺——乐园，然而，却在喜怒无常的代理店主斯亚海的逼迫下，签订了灵魂契约，入住进了乐园。

在入住乐园的这段时间里，前任店主斯瑞尚总是会趁橘夏奈睡着之际闯进她的梦境里，试图唤醒她前世的记忆。而在她逐渐找回了记忆的碎片，见到了自己强烈地爱慕了三生三世的人之后，才发现自己已经爱上了那个总是一副高傲姿态的少年——斯亚海。

可是，斯亚海的存在却像个谜。他究竟是谁？接近她有何目的？最终，橘夏奈又能否敲开属于自己的幸福大门？